SOKO
Besemi

Juergen von Rehberg

SOKO
Besemi

*Bibliografische Information der Deutschen National-
bibliothek:*
*Die Deutsche Nationalbibliothek verzeichnet diese
Publikation in der Deutschen Nationalbibliografie;
detaillierte bibliografische Daten sind im Internet
über http://dnb.dnb.de abrufbar.*

Herstellung und Verlag: BoD – Books on Demand,

Norderstedt

ISBN: 9783754318560

Die Wahrheit ist „umami".

Das bedeutet, sie ist weder süß noch sauer, bitter oder salzig. Man könnte genauso sagen: *„Die Wahrheit ist weder Fisch noch Fleisch. "*

Man kennt solche Situationen, in denen man nicht so recht weiß, wie man etwas oder jemanden einordnen soll.

In einer solchen Situation befanden sich die Beamtinnen der „Soko Besemi", einer speziellen Truppe, die zugleich ein Pilotprojekt der österreichischen und deutschen Polizei war.

Wenn man diesem seltsam anmutenden Namen „BESEMI" begegnet, so könnte einem der Titel eines Liebesliedes der mexikanischen Komponistin, Consuelo Velázques einfallen, der sich ähnlich anhört:

„Bésame mucho " – was so viel wie *„Küss mich viel"* bedeutet, und einem ein verschmitztes Lächeln ins Gesicht zaubern könnte.

Das jedoch wäre zynisch, geht es doch um sexuellen Missbrauch. Und das geht gar nicht.

Jawohl; „BESEMI" ist das Synonym für „**Be**kämpfung **Se**xuellen **Mi**ssbrauchs", und vielleicht hätte man sich ja doch eine etwas passendere Bezeichnung einfallen lassen können.

*****

Im vorliegenden Fall ging es um sexuellen Missbrauch im klerikalen Umfeld.

Und um diesem heiklen Strafbestand adäquat begegnen zu können, hatte man sich höheren Orts etwas ganz Spezielles einfallen lassen.

Die Innenministerien beider Länder hatten beschlossen, eine Sonderkommission zu gründen, die ausschließlich aus weiblichen Beamten bestehen sollte.

Man war davon ausgegangen, dass weibliche Ermittler den Tätern gegenüber – es handelt sich ja überwiegend um männliche Täter – einen besseren Zugang haben könnten, als ihre männlichen Kollegen.

Die Idee wurde an zuständiger Stelle vorgebracht und auch genehmigt, nachdem ein Psychologenteam seinen Sanctus dazu gegeben hatte.

Die Idee sah vor, dass jeweils zwei Beamtinnen aus beiden Ländern zusammenarbeiten sollten, unter der Ägide einer übergeordneten Beamtin.

Und so wurde die „Soko Besemi" gegründet, mit Sitz in Passau und der Beteiligung folgender Kriminalistinnen:

Chefinspektorin Marianne Langmayr
Kontrollinspektorin Eva Anna Gruber
Kriminalhauptkommissarin Babs Thies
Kriminaloberkommissarin Brigitte Pföhler

Die beiden Damen aus Österreich waren eine Leihgabe des LKA Krems und ihre beiden deutschen Kolleginnen kamen vom LKA Stuttgart.

Allen vier Beamtinnen wurde als leitende Ermittlerin und Koordinatorin Elke Storm, Kriminaloberrätin vom LKA Hamburg, zugewiesen.

Als Tag der ersten Begegnung war der 10. April vorgesehen, eine Woche nach Ostern.

*****

Der Leiter des LKA Passau, Kriminaldirektor Ludwig Böhler, nahm die Begrüßung der fünf Damen persönlich vor und sicherte ihnen jedwede Unterstützung zu.

Ein kleines kaltes Buffet, Sekt und alkoholfreie Getränke umrahmten die kleine Willkommensfeier.

Nachdem die Presse ihre obligaten Fotos gemacht hatte, zogen sich die fünf Frauen in ihr – eigens dafür eingerichtetes – Büro zurück und stellten sich einander vor.

Die Kriminaloberrätin aus dem hohen Norden ließ den anderen zunächst den Vortritt und richtete dann das Wort an ihre kleine Truppe:

„Verehrte Kolleginnen, ich lege keinen Wert auf meinen Titel, und ich schlage daher vor, dass Sie mich einfach <Frau Storm> nennen."

„Warum so förmlich?"

Es war die Kontrollinspektorin Eva Anna Gruber, welche Elke Storm unterbrochen hatte und jetzt fortfuhr:

„Ich schlage vor, dass wir uns alle beim Vornamen nennen und uns duzen. Ich heiße übrigens Eva Anna; aber ihr könnt ruhig Eva zu mir sagen."

„Das finde ich gut", bestärkte Marianne Langmayr ihre Kollegin, und zu den beiden Damen aus der Schwabenmetropole gewandt, fügte sie hinzu:

„Was haltet ihr von dem Vorschlag?"

„Das finde ich prima", antwortete Babs Thies und Brigitte Pföhler nickte zustimmend.

Die Kriminaloberrätin aus dem kühleren Teil Deutschlands sah sich total in die Enge getrieben. Diese Entwicklung war so gar nicht nach ihrem Geschmack. Sie präferierte eine gewisse Distanz am Arbeitsplatz und musste nun gute Miene zum bösen Spiel machen.

„Also gut", sagte sie in bestens gespielter Souveränität, *„dann soll das wohl so ein. Ich heiße übrigens Elke."*

Und dann wandte sie sich, begleitet von einem nonchalanten Lächeln, dem eigentlichen Zweck ihres gemeinsamen Daseins zu.

„Bevor wir uns mit diesem Fall beschäftigen, sollten wir noch überlegen, wer mit wem zusammenarbeitet.

Was mich angeht, so werde ich mich eher im Hintergrund halten und die Koordination übernehmen. "

Der zweite Teil ihrer Ausführung war für alle klar, hingegen der erste stiftete eine leichte Verwirrung.

„Es ist doch sonnenklar, wer mit wem zusammenarbeitet", sagte Marianne, *„wir Österreicherinnen sind ein eingespieltes Team, genauso wie die Mädels aus Germany. Oder sehe ich das falsch? "*

Eine leichte Spannung lag spürbar in der Luft, und Elke war zum ersten Mal in ihrer Funktion als „Leitwolf" gefragt.

„Das ist völlig richtig, dass ihr ein jeweils eingespieltes Team seid; aber vergesst nicht, dass wir länderübergreifend arbeiten müssen.

Und ein gemischtes Team hat den Vorteil, dass ihr euch ergänzt. Das könnte sehr hilfreich sein. Meint ihr nicht auch? "

Die vier Kriminalistinnen sahen einander an.

Brigitte, die sich bisher eher zurückgehalten hatte, meldet sich zu Wort. Sie war die Jüngste unter ihnen.

„Ich sehe durchaus einen Reiz darin, die Teams zu mischen. So kann man die Erfahrungen bündeln, die man in seinem jeweiligen Umfeld schon gesammelt hat."

Babs sah ihre junge Kollegin erstaunt an. Sie kannten einander schon eine geraume Zeit, und bisher war es immer so, dass Babs das Wort führte.

In Babs stieg rechte Freude auf. Sie hatte sich schon immer gewünscht, Brigitte würde im Beruf mehr aus sich herausgehen. Und nun das…

„Ich stimme Brigitte zu", sagte Babs, *„so machen wir das."*

„Das freut mich, dass ihr meinen Vorschlag annehmt", sagte Elke erleichtert, *„und ich schlage weiter vor, dass wir für heute Schluss machen.*

Wir treffen uns morgen, punkt acht Uhr und machen uns dann an die Arbeit."

Elke wollte sich schon abwenden, als Babs sagte:

„Ich möchte dich, liebe Elke und unsere beiden österreichischen Kolleginnen auf ein Glas Wein oder auf ein Bier einladen.

Mein Schwager und meine Schwester haben ein kleines Lokal, etwas außerhalb, und sie erwarten uns schon.

Keine Angst, keiner muss Auto fahren. Kevin, mein Neffe, holt uns gleich ab und bringt uns später auch wieder zurück in unser Quartier.

Ich muss ihn nur kurz anrufen. "

Während Elke noch mit sich rang, wie sie der Angelegenheit schadlos entfliehen könnte, stimmte die Österreich-Connection bereits begeistert zu.

Und Brigitte war von Haus aus schon involviert gewesen.

Nur wenige Minuten später saßen fünf Frauen, wie sie unterschiedlicher nicht hätten sein können, im Kleinbus von Kevin, der sie mit sicherer Hand ins „Bräustüberl" führte, wo eine weitere „Willkommensfeier" auf sie wartete…

*****

Der nächste Morgen brachte bei den Ermittlerinnen aus Österreich deutliche Spuren einer schlimmen Nacht zum Vorschein.

Während die drei deutschen Kolleginnen frisch, fromm, fröhlich, frei am Arbeitsplatz erschienen, taten dies Eva und Marianne mit hängenden Augen.

Das lag daran, dass die Weintrinker aus der Wachau den Verlockungen des Nordlichts erlagen. Elke, die Blume von der Waterkant, von Geburt an Bier- und Schnapstrinkerin, oktroyierte den beiden Mädels aus der Wachau einen Schnaps nach dem anderen auf.

Babs und Brigitte, dem Bier und dem Schnaps von Haus aus zugeneigt, ermunterten ihre beiden Kolleginnen, mit ihnen auf gutes Gelingen anzustoßen. Und nach zaghaften Versuchen, sich dem drohenden Elend zu entziehen, ergaben sich Eva und Marianne ihrem Schicksal.

„Guten Morgen, meine Lieben. Ich hoffe, ihr habt den gestrigen Abend gut überstanden, und wir können uns jetzt mit aller Kraft dem Fall widmen."

Elke war schon vor allen anderen im Büro erschienen und hatte Vorbereitungen getroffen. Im Grunde genommen war sie mehr der Stratege und weniger die toughe Ermittlerin.

Sie hatte sich in relativ kurzer Zeit bis weit hinaufgearbeitet und ihr Privatleben dabei außen vorgelassen.

Es hatte schon einige Beziehungen gegeben; für eine Ehe hatte es jedoch nie gereicht. Es gab Momente, wo sie das bedauerte; aber die vergingen auch schnell wieder.

„Vor euch liegen Mappen, die ich vorbereitet habe. Ich möchte euch bitten, sie eingehend zu studieren."

Elke deutete auf eine gläserne Wand, die sie aufgestellt hatte, und auf der sich einige Bilder befanden. Sie zeigten verschiedene Personen, wovon die meisten weiblich waren. Dann zeigte sie auf ein bestimmtes Bild.

„Das ist Frederik Schongauer. Er ist Pfarrer und um ihn geht es.

Gegen ihn besteht der Vorwurf sexuellen Missbrauchs an Jugendlichen.

Bei den anderen Personen handelt es sich um die potenziellen Opfer des Gottesmannes."

Den Anwesenden fiel auf, dass Elke dem Wort „Gottesmannes" eine besondere Betonung beigemessen hatte.

Es war vor allem Marianne, eine überzeugte Katholikin. Sie fragte Elke direkt:

„Hast du Probleme mit der Kirche?"

Elke sah zunächst Marianne an, dann die anderen und sagte dann:

„*Ich bin überzeugte Agnostikerin. Beantwortet das deine Frage?*"

„*Das heißt, du leugnest, dass es Gott gibt*", erwiderte Marianne in einem leicht gereizten Tonfall.

„*Nein, liebe Marianne*", antwortete Elke, „*dann wäre ich eine Atheistin.*"

„*Das ist doch dasselbe*", sagte Marianne.

„*Nochmals nein, liebe Marianne*", erwiderte Elke. „*Der Atheist leugnet, dass es einen Gott gibt, während der Agnostiker davon ausgeht, dass es ein übernatürliches Wesen, wie einen Gott gibt, dieses aber nicht rational erklärbar ist.*"

„*Das ist doch Haarspalterei*", ereiferte sich Marianne, und bevor Elke darauf antworten konnte, beendete Babs die Diskussion mit den Worten:

„*Können wir uns bitte wieder mit unserem Fall beschäftigen?*"

Die Schärfe des Gesagten und die Tatsache, dass Babs die älteste in der Runde war, vermochten die Wogen augenblicklich zu glätten.

Und als Eva Anna auf die gläserne Wand deutete und fragte, wer die anderen Personen wären, wendete man sich wieder dem Fall zu.

Elke deutete auf die Fotografien von zwei weiteren Männern und sagte:

„Der eine ist Waldemar Seefried, der Direktor der ISPIL[1], an welcher die Missbräuche vorgekommen sein sollen, und der andere ist Oscar Pedersen, der dänische Botschafter.

Aber zu den beiden komme ich noch später zurück. "

„Ist der Beschuldigte in Haft? ", fragte Brigitte, und an Stelle von Elke übernahm Eva Anna die Antwort.

„Natürlich, du Tschapperl[2], was glaubst du denn. "

„Nein ", korrigierte Elke, *„der Beschuldigte ist auf freiem Fuß. "*

Obwohl niemand der Anwesenden, außer Marianne, wusste, was das Wort „Tschapperl" zu bedeuten hatte, fragte niemand.

Man hatte wohl angenommen, dass es sich um ein nettes Kosewort handelte.

Brigitte dürfte wohl an diese Bedeutung gedacht haben, denn ein feines Lächeln umspielte ihre Züge.

---

[1] *International School for **Promoting I**ntelligence and Lifestyle*
[2] *Verniedlichend für „unbeholfenes Kind"*

Brigitte war die jüngste im Team. Sie war noch nicht sehr lange Mitglied beim LKA Stuttgart. Babs hatte sie sofort unter ihre Fittiche genommen.

„Wie bitte? Der Kerl läuft noch frei herum? Wie ist das möglich?"

Es war Babs, die ihrem Entsetzen freien Lauf ließ.

„Die schützende Hand des Kardinals", antwortete Elke lapidar.

„Und das lassen wir uns so ohne Weiteres gefallen?", polterte Babs weiter, die gerade ihre schützende Zone der Gelassenheit verlassen hatte.

Sie hatte, ähnlich wie Elke, so ihre Schwierigkeiten mit der Kirche.

„Das liegt nicht in unserer Hand", erwiderte Elke, *„das entscheiden andere."*

Es folgte für einen kurzen Augenblick betretenes Schweigen.

„Ich möchte euch nun bitten, lest euch in die Akte ein und dann werden wir den Fall in Angriff nehmen.

Ich muss noch einen Sprung in die Staatsanwaltschaft machen, und Marianne wird mich begleiten."

Mit diesen Worten verließ Elke den Raum und Marianne trottete hinter ihr her.

Elke ging mit Marianne in den kleinen Park im Innenraum des Gebäudes und setzte sich mit ihr auf eine Bank.

Bevor die etwas verwirrte Marianne fragen konnte, was sie hier machen würden, sagte Elke:

„Ich möchte kurz mit dir reden. Es lag mir vorhin fern, dich in irgendeiner Weise zu verletzen oder dich vorzuführen.

Sollte es so auf dich gewirkt haben, so bitte ich um Entschuldigung."

Marianne wollte etwas erwidern, aber Elke hielt sie zurück.

„Warte bitte! Ich bin noch nicht fertig."

Marianne sah Elke verwundert an.

„Ich möchte dir erklären, warum ich vorhin vielleicht etwas schroff zu dir war."

Und wieder versuchte Marianne, darauf zu antworten. Und wieder ließ es Elke mit einer abweisenden Handbewegung nicht zu.

„Ich hatte die wunderbarste Mutter auf der Welt. Als ich Mitte zwanzig war, starb sie plötzlich. Einfach so. Sie war gerade achtundvierzig Jahre alt und sie war nicht krank. Ihr Herz hatte einfach aufgehört zu schlagen.

Für mich stürzte damals der Himmel ein. Einen Vater gab es nicht; nur meine Großeltern.

Unsere ganze Familie war evangelisch und obwohl der allsonntägliche Kirchgang nicht Usus bei uns war, glaubten wir fest an einen Herrgott.

Dann kam der Herr Pastor zu uns nach Hause, um sich ein paar Eckdaten für seine Trauerrede zu besorgen.

Da saßen wir nun bei Kaffee und Kuchen und schnackten[3] über das Leben und seine Vergänglichkeit.

Und dann kam die schicksalhafte Frage des Herrn Pastor, über welches Thema er am Grab denn reden solle.

Als meine überraschten Großeltern auf diese Frage keine Antwort gaben, sprang ich in die Bresche und sagte: <Über die Liebe, Herr Pastor; über die Liebe.>

Der Gottesmann sah mich ungläubig an und hakte nach, indem er mich fragte, was ich wohl damit meinte.

<Sprechen Sie einfach über die Liebe>, antwortete ich erneut, und der Herr Pastor gab sich damit zufrieden.

---

[3] Mundartlich norddeutsch für gemütlich, zwanglos plaudern, sich unterhalten.

Nachdem er die letzten Krümel seines Kuchens auf dem Teller entsorgt hatte, verließ er uns wieder.

Dann kam der Tag der Beerdigung. Ich saß mit meinen Großeltern, ein paar wenigen Freunden und Bekannten in der Aufbahrungshalle des Friedhofs und lauschte den Worten des geistlichen Herrn.

Und was dann kam, war eine Katastrophe. Der Mann auf der Kanzel mit seinem gestärkten Mühlsteinkragen[4] suchte nach Worten, wie ein Fisch auf dem Trockenen, der nach Luft schnappt.

Das Evangelium, aufgebaut auf dem Urgedanken der Liebe, war wie eine leere Wüste für den Mann. Ich spürte, wie sich meine Fingernägel in meine Handfläche bohrten, und es hätte nicht viel gefehlt, und ich wäre aufgesprungen.

Ich hätte diesem Gottesmann am liebsten von meiner Mutter erzählt, die ein einziger Ausdruck für Liebe war, und durch die ich so viel Liebe erfahren habe, dass mich ihr Verlust tief in der Seele schmerzt..."

Hier machte Elke eine kurze Pause. Marianne hatte ihr gebannt zugehört. Dann fuhr Elke fort:

„Nur wenige Tage später bin ich aus der Kirche ausgetreten, und ich habe nie wieder ein Gotteshaus betreten. Gott hat mich einfach im Stich gelassen..."

---

[4] *Halskrause*

Marianne bemerkte im Gesicht von Elke eine große Leere, und sie begann Sympathie für die Frau zu empfinden, die gerade ihr Innerstes vor ihr ausgebreitet hatte.

„Glaubst du noch an Gott?"

Diese Frage hatte sich aus Marianne förmlich hinausgeschlichen. Sie konnte nicht anders. Sie musste daran denken, dass ein Sonntag ohne Kirchgang für sie undenkbar wäre.

Und nun saß eine Frau neben ihr, die Gott den Rücken gekehrt hatte, und die von sich behauptete, dass es genau umgekehrt wäre.

Elke drehte sich zu Marianne hin. Sie glaubte in ihrem Gesicht die Hoffnung erkennen zu können, Elke möge mit JA antworten.

Elke lächelte. Sie bereute, dass sie dieser warmherzigen Frau zuvor so harsch begegnet war.

„Ich glaube, dass es da etwas gibt, dass größer und mächtiger ist als wir", antwortete Elke vorsichtig, *„und fast beneide ich dich ein wenig."*

„Warum?", fragte Marianne, worauf Elke antwortete:

„Einfach nur so. Aber jetzt lass uns wieder hineingehen zu den anderen."

„Gehen wir nicht zur Staatsanwaltschaft?", fragte Marianne.

„Das hat sich erledigt, Marianne", antwortete Elke lächelnd, und Marianne erwiderte das Lächeln.

Als die beiden zu den anderen zurückkamen, befanden sich diese in einer hitzigen Diskussion.

„Dürfen wir mitmachen?", sagte Elke, *„Um was geht es?"*

„Wir verstehen nicht, dass dieser Priester noch auf freiem Fuß ist", antwortete Babs, *„es geht doch immerhin um ein Vergehen nach § 174 StGB, wenn ich nicht irre. Oder?"*

„Nein, du irrst dich nicht", antwortete Elke, *„aber es gilt die Unschuldsvermutung und Fluchtgefahr besteht nicht."*

„Bei uns wäre der Kerl schon hinter Schloss und Riegel", sagte Eva Anna mit Blick auf Marianne, in Erwartung deren Zustimmung.

„Ich bin mir da nicht so sicher", erwiderte Marianne achselzuckend, was bei Eva Anna Erstaunen hervorrief. Überhaupt schien Marianne irgendwie verändert zu sein, nachdem sie mit Elke von der Staatsanwaltschaft zurückgekommen war…

*****

Anklageschrift

Der katholische Pfarrer Frederik Schongauer,
geboren am 29.04.1961 in Kiel,
ledig,
Staatsangehörigkeit: deutsch,
wohnhaft in den Räumlichkeiten der International
School for Promoting Intelligence and Lifestyle

Wird angeklagt

In der Zeit von 01.01.1995 bis 31.12.1996

wider besseres Wissen sexuellen Missbrauch an
Schutzbefohlenen begangen zu haben.

Dem Beschuldigten wird Folgendes zur Last gelegt:

In dem o.a. Zeitraum hat der Angeklagte an mehreren
Schülerinnen der *International School for Promoting
Intelligence and Lifestyle sexuelle Handlungen vorgenom-
men bzw. vornehmen lassen.*

Beweismittel:

    Zeugen:
        Chantal Hofer
        Evi Maurer
        Béatrice Meunier
        Merle Pedersen

*****

„Ich habe mir folgende Teams vorgestellt."

Mit diesen Worten eröffnete Elke die Einsatzbesprechung für den Tag.

„Chefinspektorin Langmayr mit Kriminaloberkommissarin Pföhler und Kriminalhauptkommissarin Thies mit Kontrollinspektorin Gruber."

„Warum so förmlich, Frau Kriminaloberrätin Storm?"

Elke reagierte auf Eva Annas Frage mit einem strengen Blick und antwortete:

„Weil es so in meinem Protokoll steht, das ich führen muss. Beantwortet das deine Frage, liebe Eva?"

„Ich meine ja nur", gab Eva kleinlaut zurück.

Elke spürte eine leichte Feindseligkeit bei Eva und sie fragte sich, warum das so sein könnte.

Was Elke nicht wissen konnte, war, dass Eva ihre Kollegin gefragt hatte, warum sie eine 180 Gradwende gemacht hatte, in Bezug auf Elke.

Marianne hatte ihr darauf geantwortet, dass sie sich mit Elke unterhalten hätte, und dass sie daraufhin eine andere Sichtweise auf die deutsche Kollegin gewonnen habe.

„Jetzt fehlt nur noch, dass du sie magst."

Als Marianne Evas Frage mit einem klaren JA beantwortete, verstand Eva überhaupt nichts mehr.

Sie war von Anfang an nicht sonderlich davon begeistert, mit deutschen Kolleginnen zusammenarbeiten zu müssen.

Eva hegte eine gesunde Abneigung gegen die Bewohner des Nachbarstaates, und das hatte seine Gründe.

Diese verriet sie Marianne ebenso wenig, wie Marianne ihrerseits den Inhalt ihres Gesprächs mit Elke Eva gegenüber.

Und so entstand eine Patt-Stellung…

*****

Befragung der Zeugin Chantal Hofer:

Bitte, nehmen sie Platz, Frau Hofer. Oder darf ich Sie Chantal nennen?"

Marianne war überrascht, als Chantal Hofer antwortete:

„Frau Hofer wäre mir lieber, Frau Kommissar."

Es war weniger der Inhalt der Antwort als vielmehr die Art, wie sie gegeben wurde.

Es war eine Mischung aus Arroganz und gespielter Souveränität.

Wenn man bedenkt, dass die Teilnahme an dieser internationalen Schule ein kleines Vermögen kostet, so wird es fast ein wenig verständlich, dass junge Menschen die Bodenhaftung verlieren.

„Natürlich, Frau Hofer", erwiderte Marianne und schaltete das Aufnahmegerät ein.

„Muss das sein?", fragte Chantal, in schnippischer Weise fortfahrend, worauf ihr Begleiter sie sanft am Ärmel zupfte, um sie ein wenig einzubremsen.

„Ja", antwortete Marianne, *„das ist das übliche Prozedere."*

Marianne fuhr fort:

Befragung durch Chefinspektorin Langmayr und Oberkommissarin Pföhler. Beginn: 14:00 Uhr.

Anwesend sind außerdem die Zeugin Chantal Hofer und ihr Berater. Bitte, nennen Sie Ihren Namen und Ihr Geburtsdatum."

Nachdem Chantal ihre Angaben gemacht hatte und der Berater sich als Anwalt der Familie vorgestellt hatte, begann die eigentliche Befragung.

„Frau Hofer, Sie haben Pater Frederik Schongauer der sexuellen Nötigung bezichtigt. Das ist eine schwerwiegende Anschuldigung.

Sollten Sie diesbezüglich falsche Aussagen ma-
chen, so wäre das ein Strafbestand nach § 153 StGB,
der mit einer Freiheitsstrafe von drei Monaten bis zu
fünf Jahren geahndet wird.

Haben Sie das verstanden?"

Chantal Hofer beugte sich demonstrativ in Richtung Aufnahmegerät und antwortete:

„Shure, my dear, ich bin ja nicht doof."

Brigitte wollte auf diese Provokation entspre-
chend antworten; aber Marianne kam ihr zuvor. Sie
wandte sich an den Rechtsbeistand von Chantal und
sagte in ruhigem Ton:

„Würden Sie Frau Hofer bitte anhalten, sich
angemessen zu verhalten und solche Kindereien zu
unterlassen?"

Der Anwalt nickte und flüsterte Chantal etwas ins
Ohr. Dass seine Botschaft angekommen zu sein
schien, machte sich in einem leisen *„Entschuldi-*
gung!" bemerkbar.

„Dann wäre das hiermit geklärt."

Brigitte bewunderte die Gelassenheit ihrer österreichischen Kollegin. An ihrer Stelle hätte sie ganz
anders reagiert.

„Ich möchte Sie bitten, uns zu erzählen, seit wann Sie den Pater kennen", setzte Marianne die Befragung fort.

„Seit Ende 2018, genauer gesagt zu Weihnachten", antwortete Chantal und fügte noch grinsend hinzu:

„Er war unser Weihnachtsgeschenk."

Marianne überging den Zusatz und fragte weiter:

„Und wann haben die Übergriffe durch den Pater begonnen?"

Chantal legte ihre Stirn in Falten, als müsse sie heftig nachdenken.

„Lassen Sie mich einmal überlegen…"

Marianne wandte sich an den Rechtsbeistand und sagte:

„Ich möchte Sie noch einmal bitten, die junge Dame daran zu erinnern, dass dies hier kein Kindergeburtstag ist. Wenn sich Frau Hofer nicht ernsthaft unseren Fragen widmet, dann droht ihr eine Klage wegen Irreführung der Behörde."

„Na, na, Frau …"

„Mein Rang lautet Chefinspektorin, Herr Anwalt, und wenn Sie sich das nicht merken können, dann schreiben Sie es sich bitte auf."

Die Schärfe ihrer Worte machte Eindruck auf den Anwalt. Es handelte sich um einen relativ jungen Mann, dessen Studienabschluss noch nicht allzu lange zurücklag.

„Verzeihung, Frau Chefinspektorin", schlug der Anwalt versöhnliche Töne an und er ermahnte Chantal, sich ordentlich zu benehmen.

„Wann hat sich der Pater Ihnen gegenüber zum ersten Mal unangemessen verhalten?"

„Was meinen Sie damit, Frau Chefinspektorin?", fragte Chantal zurück, *„meinen Sie grapschen oder so?"*

Marianne musste ein Lächeln unterdrücken. Sie sah Chantal in die Augen und meinte darin eine gewisse Unsicherheit zu erkennen.

Sie musste an ihre Tochter Susanne denken, die inzwischen schon selbst Mutter einer zweijährigen Tochter war.

Susanne war auch einmal in Chantals Alter und von der Pubertät fest umklammert; aber sicher nicht so plump dumm wie das Wesen, das ihr gerade gegenübersaß und auf „obercool" machte.

„Ja, ich meine grapschen oder so", antwortete Marianne und Brigitte musste ähnlich wie sie ihr Lachen unterdrücken.

„Das war schon sehr bald, nachdem Pater Schongauer zu uns gekommen war", sagte Chantal, worauf Marianne nachhakte:

„Geht das vielleicht etwas genauer? "

Und wieder versank Chantal in den Untiefen ihres Gehirns.

„Jetzt erinnere ich mich wieder", folgte alsbald die wiedergefundene Antwort, *„das war zu Ostern. "*

„So, so ", sagte Marianne, *„zu Ostern also. "*

„Ja, Frau Chefinspektorin ", erwiderte Chantal.

Brigitte war die ganze Zeit über nur stille Zuhörerin. Es war ihr nur recht, dass die erfahrenere Kollegin die Befragung durchführte. So konnte sie in aller Ruhe die Zeugin beobachten.

Die Kleidung war keine Ware von der Stange, das konnte Brigitte deutlich sehen. Vom Oberteil bis zu den Sneakers, alles teure Markenware.

Die jungen Menschen, die an dieser Schule waren, stammten ausnahmslos aus den besten Häusern, wenn man Reichtum als Maßstab anlegt.

„Dann schildern Sie uns doch bitte jetzt einmal, auf welche Weise sich der Pater Ihnen unsittlich genähert hat. "

Chantal war die Frage sichtlich unangenehm. Sie rutschte auf ihrem Stuhl unruhig hin und her und eine leichte Röte überzog ihr Gesicht.

„Ich verstehe, wenn Ihnen die Frage unangenehm ist", sagte Marianne, *„und vielleicht wäre es besser, Ihr Anwalt verlässt kurz den Raum. Dann wären wir Mädels unter uns."*

„Ja, bitte", erwiderte Chantal, und als der Anwalt opponieren wollte, sagte Chantal:

„Geh bitte hinaus und warte, bis man dich wieder hereinholt."

Der Anwalt flüsterte Chantal etwas ins Ohr, worauf diese – nun aber etwas entschlossener – sagte:

„Nein, ich will, dass du den Raum verlässt."

Der junge Mann stand auf und verließ abrupt den Raum, eine Wolke größter innerer Empörung hinter sich lassend.

„So, Chantal. Jetzt erzähle uns in aller Ruhe, was damals vorgefallen ist."

Brigitte empfand in diesem Moment große Bewunderung für ihre ältere Kollegin, und es verwunderte sie nicht wirklich, dass Chantal es zuließ, dass sie von Marianne mit dem Vornamen und mit DU angesprochen wurde.

„Ich habe eine Tochter, etwas älter als du, und ich weiß nicht, was ich mit dem Mann machen würde, der sich ihr gegen ihren Willen unsittlich nähern würde.

Und dabei wäre völlig egal, ob es sich um einen Politiker oder einen Pfarrer handeln würde."

Chantal lächelte Marianne dankbar an. Es war erstaunlich, welcher Wandel sich bei der jungen Frau vollzogen hatte.

„Es war nach einer Beichte", begann Chantal zögernd zu berichten.

„Der Pater ist der Beichtvater für die Schüler und den Lehrkörper. Er hat ein Büro mit einem angeschlossenen Zimmer, in welchem er einzelne Schüler oder Schülerinnen empfängt, so diese um ein Gespräch bitten.

Ich hatte damals ein Problem mit einem meiner Lehrer, worüber ich mit dem Pater während der Beichte sprach.

Als die Beichte zu Ende war, bot mir der Pater an, in seinem Büro über mein Problem zu sprechen.

Ich willigte ein. Als ich ihm unter Tränen mein Problem erzählte, legte er zuerst seine Hände auf meine Knie, dann umarmte er mich und presste mich fest an sich.

Ich war wie gelähmt. Es dauerte eine Weile, bis er mich wieder losließ.

Seinen heißen Atem spüre ich heute noch... "

Chantal hatte zu weinen begonnen, als sie das schreckliche Ereignis noch einmal Revue passieren ließ.

Marianne reichte dem Mädchen ein Taschentuch.

„*Was hast du danach gemacht?* ", fragte nun Brigitte, die das Geschilderte mit Abscheu verfolgt hatte.

„*Nichts* ", antwortete Chantal mit tränenerstickter Stimme.

„*Nichts?* ", wiederholte Brigitte verständnislos, „*aber wieso nicht?* "

„*Weil ich mich geschämt habe.* "

Marianne hielt Brigitte zurück, die gern weitergefragt hätte.

„*Das ist ein allgemein bekanntes Phänomen, dass die Opfer nichts dagegen unternehmen, weil sie in ihrer Schande gefangen sind.* "

Chantal nickte. Sie war sehr froh, dass sie mit der Chefinspektorin einen verständnisvollen Menschen gegenübersitzen hatte.

„Ich denke, wir machen hier erst einmal Schluss", sagte Marianne und sprach in das Aufnahmegerät:

„Ende der Befragung – 15:15 Uhr "

Nachdem Chantal den Raum verlassen hatte, nicht ohne sich vorher per Handschlag von den beiden Kriminalbeamtinnen verabschiedet zu haben, fragte Brigitte:

„Warum haben wir nicht weitergemacht? "

Marianne sah ihre junge Kollegin lächelnd an.

„Es hätte zu sehr wehgetan. "

„Aber vielleicht hätten wir noch mehr aus ihr herausholen können", setzte Brigitte nach.

„Mag wohl sein, verehrte Kollegin", erwiderte Marianne, *„aber vergiss nicht, Chantal ist Opfer und nicht Täter. Sie verdient ein wenig Mitgefühl und Rücksichtnahme. Findest du nicht auch? "*

Brigitte verstand in diesem Augenblick, warum Marianne so und nicht anders gehandelt hatte.

„Daran habe ich nicht gedacht. Aber ich bin froh, dass du das gemacht hast, verehrte Kollegin. "

*****

Zeitgleich mit dieser Befragung hatte auch die Befragung einer weiteren Zeugin stattgefunden.

Befragung der Zeugin Béatrice Meunier:

„Befragung durch Kriminalhauptkommissarin Thies und Kontrollinspektorin Gruber. Beginn der Befragung: 14:00 Uhr.

Anwesend sind außerdem die Zeugin Béatrice Meunier und ein Rechtsbeistand."

Nachdem Babs den Protokollbeginn in das Aufnahmegerät gesprochen hatte, wendete sie sich an die Zeugin.

„Bitte, nennen Sie Ihren Namen und Ihr Geburtsdatum."

„Ich heiße Béatrice, Marie, Babette Meunier und bin am 12. August 1978 geboren.

Die Namen Marie und Babette verdanke ich meinen Großmüttern. Leider…"

Babs überging die letzte Bemerkung und fuhr fort:

„Es geht um die Beschuldigung von Pater Frederik Schongauer, er habe sexuelle Handlungen an Ihnen vorgenommen.

Das ist eine schwerwiegende Behauptung, die strafrechtliche Folgen nach sich ziehen würde.

Ich mache Sie daher darauf aufmerksam, dass eine Falschaussage den Strafbestand nach § 153 StGB erfüllt, der mit einer Freiheitsstrafe von drei Monaten bis zu fünf Jahren geahndet wird.

Haben sie das verstanden?"

„Oui, Madame."

„Bitte, sprechen Sie deutsch. Frau Meunier."

Béatrice verdrehte ihre Augen.

„Frau Meunier, Sie haben Pater Frederik Schongauer der sexuellen Nötigung bezichtigt. Das ist eine schwerwiegende Anschuldigung."

Béatrice beugte sich zu ihrem Begleiter, einem grauhaarigen, fein gekleideten, älteren Herrn und flüsterte ihm zu:

„Dois-je parler à ces deux gonzesses?"[5]

Babs Thies, KHK und frankophil bis in die Zehenspitzen sah die junge Frau nur lächelnd an und sagte dann mit ruhiger Stimme:

„Je préfère vous parler en allemand, Mademoiselle, de gonzesse à gonzesse."[6]

---

[5] *„Muss ich mit diesen beiden Tussis reden?"*

[6] *„Ich würde lieber auf Deutsch mit ihnen reden, mein Fräulein, so von Tussi zu Tussi."*

„Und wenn Sie schon im Sternzeichen <Löwe> geboren sind, dann sollten Sie sich auch wie eine Löwin benehmen und nicht wie eine Ziege. "

Diese österreichische Wortmeldung setzte dem Wortgeplänkel die absolute Krone auf.

Während Babs die feine Klinge bevorzugte, feuerte Eva Anna eine Kugel aus einer großkalibrigen Kanone ab.

Beide Vorgangsweisen verfehlten keineswegs ihre Wirkung bei den Beteiligten.

Béatrice, Marie, Babette wurde blass, der Herr Anwalt schmunzelte – er wurde extra aus Belgien eingeflogen – und Babs und Eva Anna triumphierten innerlich.

„Dann können wir uns jetzt ja ernsthaft mit der Befragung befassen, nehme ich an. Oder gibt es irgendwelche Einwände? "

Béatrice und ihr Anwalt schüttelten mit dem Kopf und Babs begann mit der Befragung.

„Frau Meunier, schildern Sie uns doch bitte, auf welche Art sich Pater Schongauer Ihnen gegenüber ungebührlich verhalten hat. "

„Was heißt hier ungebührlich? ", erwiderte Béatrice, *„der Kerl hat mir an den Busen gefasst. "*

„Bei welcher Gelegenheit ist das passiert und wann war das?", fragte Babs auf ruhige Art weiter.

„So genau weiß ich das auch nicht mehr", erwiderte Béatrice, *„es muss wohl irgendwann im vergangenen Sommer gewesen sein."*

„Wieso gehen Sie davon aus, dass es Sommer war?", fragte Babs.

„Jetzt fällt es mir wieder ein", erwiderte Béatrice hastig, *„es war nach dem Fußballtraining und es war sehr heiß an diesem Tag."*

„Sie spielen Fußball?", fragte Eva Anna erstaunt, saß ihnen doch eine junge Frau gegenüber, die nicht gerade einen sehr sportlichen Eindruck machte.

„Wieso fragen Sie das?", sagte Béatrice, welcher der Zweifel in Eva Annas Frage nicht entgangen war.

„Ich hätte nicht gedacht, dass es hier eine Damen-Fußballmannschaft gibt", rettete sich Eva Anna schnell, und Béatrice gab sich augenscheinlich damit zufrieden.

„Was hat der Pater mit Ihrem Fußballspiel zu tun?", fragte Babs, und die Antwort von Béatrice überraschte die beiden Kriminalistinnen.

„Frederik ist unser Trainer."

„Sie duzen den Pater?", fragte Babs.

„Nur beim Fußball, sonst nicht. "

Babs musste diese Neuigkeiten erst einmal einordnen. Eine Damen-Fußballmannschaft, trainiert von einem Pfarrer, mit dem man per DU ist, das war schon außergewöhnlich.

„Aus welcher Ecke Belgiens kommen Sie? "

Béatrice sah Babs mit großen Augen an. Sie verstand nicht, warum ihr diese Frage gestellt wurde, und sie antwortete fast ein wenig zaghaft:

„Aus Antwerpen, Madame. Aber warum fragen Sie? "

Babs tat, als hätte sie es überhört und antwortete stattdessen:

„Dann kennen Sie sicher die Schokoladenmanufaktur <Chocolatier Del Rey> in der Appelmannsstraße. Da bin ich oft in der Lounge gesessen und habe feinste Köstlichkeiten genossen. "

„Ja, sicher kenne ich den. Das ist in der Nähe vom Hauptbahnhof", antwortete Béatrice, die sich von der schwärmerischen Art der Hauptkommissarin mitreißen ließ. *„Die haben sogar Filialen in Japan. "*

„Die Japaner sind ganz verrückt nach Süßigkeiten", fügte Babs noch schnell hinzu, bevor sie urplötzlich wieder das Thema wechselte.

„Wie war das mit Frederik, damals an diesem heißen Sommertag, als er sich Ihnen unsittlich genähert hat?"

Eva Anna begann allmählich Bewunderung für ihre deutsche Kollegin zu empfinden. Die Art der Befragung war vom Allerfeinsten. Da konnte man schon den Hut ziehen. Auch der Begleiter von Béatrice war sichtlich angetan von der Qualität der Befragung.

Béatrice begann zu schwitzen. Sie fühlte sich unwohl.

„Möchten Sie vielleicht ein Glas Wasser, Béatrice?"

Babs hatte ganz klar die Zügel in der Hand. Sie konnte Béatrice wie ein Pferd an der Longe führen, und Béatrice würde sich brav im Kreis bewegen.

„Das wäre sehr nett, Madame", antwortete Béatrice, worauf Eva Anna den Raum verließ, um das Gewünschte zu holen.

„Ist aus Ihrer Sicht alles in Ordnung, Maître?", überbrückte Babs die Zeit bis zu Eva Annas Rückkehr, und der Anwalt antworte:

„Tout va bin, Madame."[7]

Béatrice nahm einen kräftigen Schluck.

---

[7] *Es ist alles in Ordnung, Madame.*

„Geht es wieder?", fragte Babs und Béatrice nickte.

„Dann schildern Sie uns jetzt bitte, wie das damals war mit Frederik."

„Wir haben in der Hitze trainiert und waren völlig durchgeschwitzt. Danach sind wir in den Duschraum gegangen."

Béatrice machte eine kurze Pause. Es entstand der Eindruck, als hätte sie die Situation von damals gerade deutlich vor ihren Augen.

„Die anderen Mädchen waren schon gegangen, und ich war allein in der Dusche, weil ich mir die Haare waschen wollte.

Plötzlich hörte ich eine Männerstimme. Es war Frederik, der mich fragte, ob er mir behilflich sein könne. Ich habe mir nichts dabei gedacht und ihn gebeten, er möge mir den Rücken einseifen."

Hier unterbrach Eva Anna. Sie konnte sich nur sehr schwer vorstellen, dass sich die Geschichte tatsächlich so zugetragen hätte.

„Finden Sie es normal, dass ein Mann Ihnen den Rücken einseift, wenn Sie nackt unter einer Dusche stehen?"

„Aber ja", antwortete Béatrice. *„Erstens ist Frederik ein Geistlicher und zweitens bin ich liberal erzogen worden."*

„Aber dass Frederik auch ein Mann ist, das wissen Sie schon", gab Eva Anna zu bedenken.

„Was ist dann weiter passiert?", übernahm Babs wieder die Befragung.

„Er hat mir von hinten an meine Brust gefasst."

Als Béatrice das gesagt hatte, verharrte sie regungslos. Ihr Blick wurde starr und Tränen rannen über ihr Gesicht.

„Es war schrecklich; ich war wie gelähmt..."

Als der Maître seinen Arm um sie legte, drehte sich Béatrice zu ihn hin und begann hemmungslos zu weinen.

Babs sah Eva Anna an und Eva Anna bereute, dass sie die junge Frau so hart angegangen war.

Danach sprach Babs in das Mikrofon des Aufnahmegeräts:

„Ende der Befragung – 15:40 Uhr

Béatrice war sichtlich erleichtert, als Babs sie anlächelnd und sagte:

„Für heute ist es genug; ich danke Ihnen, Béatrice."

*****

Elke hatte die Befragungen durch ihre beiden Teams auf einem Bildschirm mitverfolgt, auf welchen die Aufnahmen mittels Videokamera übertragen worden waren.

„Das war sehr gute Arbeit, meine Damen", sagte Elke anerkennend, als sie alle versammelt waren.

„Ich kann es noch immer nicht glauben", sagte Brigitte, der die Fassungslosigkeit ins Gesicht geschrieben stand. *„Warum tut der das?"*

„Langsam Brigitte", bremste Elke ihre junge Kollegin ein, *„es gilt noch immer die Unschuldsvermutung."*

„Sicher nicht", murmelte Eva Anna, und Elke erwiderte:

„Es wird Zeit, dass wir dem Gottesmann einen Besuch abstatten.

Eva kommt mit mir, Brigitte, du überträgst die Protokolle der Befragungen in den Computer, und Babs und Marianne, ihr beide betreibt Hintergrundrecherche.

Ich will alles wissen über den Beschuldigten und die Zeuginnen. Elternhaus, Vermögensverhältnisse, über die Schule und über die Freizeit von allen."

*****

„Guten Tag, Herr Schongauer. Wir sind Beamtinnen der Soko, die Ihren Fall untersuchen. Das ist die Kontrollinspektorin, Frau Eva Anna Gruber und ich bin Kriminaloberrätin, Elke Storm.

Es genügt völlig, wenn Sie uns mit unseren Nachnamen ansprechen.

Können wir irgendwo ungestört reden?"

Es war gegen 17:00 Uhr, als Pater Schongauer aus dem Beichtstuhl heraustrat, vor welchem sich die beiden Beamtinnen postiert hatten.

Elke hatte in Erfahrung gebracht, dass der Pater in einer Kirche in der Stadt mehrmals wöchentlich die Beichte abnimmt.

Und gerade hatte die letzte Sünderin den Beichtstuhl verlassen.

Es war die erste Begegnung mit dem Beschuldigten, und die Erwartung von Elke wurde herb enttäuscht, denn anstelle eines unsympathischen, potentiellen Unholds trat ihnen ein gut aussehender, relativ junger Mann entgegen.

Aus den Akten wusste Elke, dass der Pater inzwischen 38 Jahre alt war, und sie fragte sich, ob ein Mann seines Aussehens darauf angewiesen wäre, sich an jungen, noch minderjährigen Frauen zu vergehen.

Dass das Verlangen vorhanden war, das stand außer Zweifel. Denn der Mist mit dem Zölibat war aus ihrer Sicht nicht im Geringsten ein Hindernis.

„Grüß Gott, meine Damen", antwortete der Pater in höflicher Manier, *„wir können gern im Haus des Herrn miteinander reden. Vielleicht in der Sakristei?"*

„Alles, nur das nicht", schoss es Elke durch den Kopf und schlug stattdessen vor, auf der Bank vor der Kirche Platz zu nehmen.

„Sehr gern", bestätigte der Pater den unterbreiteten Vorschlag und folgte den beiden hinaus ins Freie.

„Was für ein herrlicher Tag", schwärmte der Pater und fragte, ob die Damen zum ersten Mal hierhergekommen wären.

„Ich war noch nie her", antwortete Eva Anna. *„Ich komme aus der Wachau in Österreich. Genauer gesagt aus Krems."*

„Das kenne ich", erwiderte der Pater, *„ich bin als junger Mann während meines Studiums von Passau nach Wien geradelt. Das war ein ganz wunderbares Erlebnis. Und da bin ich auch nach Krems gekommen.*

Ich war auch in der Stadtpfarrkirche. Ich glaube, man nennt ihn auch den <Dom der Wachau>, wenn ich mich recht erinnere."

„Das ist richtig", erwiderte Eva, welche den zürnenden Blick ihrer Kollegin völlig übersah.

Erst ein kleiner Stoß von Elke erinnerte sie, warum sie eigentlich gekommen waren.

„Sie wissen schon, warum wir hier sind?", sagte Eva, um Wiedergutmachung zu betreiben und lenkte die Aufmerksamkeit wieder auf das Wesentliche.

„Ich denke schon", antwortete der Pater.

„Dann ist es ja gut", sagte Elke und übernahm wieder die Regie.

„Sie werden von mehreren jungen Frauen beschuldigt, sich Ihnen auf ungebührliche Weise genähert zu haben.

Was sagen Sie zu diesem Vorwurf?"

Der Pater sah Elke nur an. Es schien, als würde er lächeln. Er hatte die Hände ineinandergelegt und seinen Kopf leicht auf die Seite geneigt.

Die Körperhaltung und das Schweigen des Gottesmannes reizten Elke gewaltig, und sie musste sich sehr beherrschen, um nicht ihre Professionalität zu verlieren.

„Sie haben meine Frage schon verstanden?", setzte sie nach, dieses Mal in einem etwas schärferen Ton.

„Ich habe Sie durchaus verstanden, Frau Storm", antwortete der Pater, und fügte nach einer kleinen Pause hinzu:

„Meine Antwort lautet, ich habe keine. Und außerdem haben Sie doch schon längst ein Urteil über mich gefällt. Oder irre ich mich da?"

„Sie irren sich gewaltig", erwiderte Elke, die gerade ihre Fassung etwas verloren hatte. Sie stand auf und sagte:

„Sie werden in den nächsten Tagen eine offizielle Vorladung bekommen. Guten Tag, Herr Pfarrer!"

Elke entfernte sich raschen Schrittes und im Weggehen hörte sie noch:

„Den wünsche ich Ihnen auch, meine Damen, und Gott begleite und behüte Sie!"

Eva hatte Mühe, Elke zu folgen. Als sie sie eingeholt hatte und etwas zu dem Vorgefallenen sagen wollte, zischte ihr Elke entgegen:

„Ich hasse diese verlogenen Schwarzkittel und ihr süßes Getue.

Die beste Entscheidung in meinem ganzen Leben war der Austritt aus diesem Verein, und ich ärgere mich, dass ich das nicht schon viel früher gemacht habe.

*****

Für die fünf Kriminalistinnen war im Vorfeld eine Unterkunft mit Frühstück in einem kleinen Hotel Garni gebucht worden.

Es war keine Premium-Unterkunft, aber die Zimmer waren sauber und das Frühstück war reichlich.

Gleich um die Ecke befand sich ein Italiener und schräg gegenüber ein China-Restaurant. Beide boten wohlschmeckende Speisen an und waren der allabendliche Treffpunkt für die fünf Damen.

Tagsüber begnügte man sich mit der Kantine auf dem Schulgelände, und oft war noch nicht einmal dafür Zeit.

Marianne und Babs hatten akribisch Recherche betrieben und präsentierten nun im China-Restaurant Shanghai ihre Ergebnisse. Aber zuvor kamen die Gerichte 3, 5.7 und zwei Mal 12 auf den Tisch:

Rindfleisch Chop – Suey
Hühnerfleisch mit Bambussprossen und Pilzen
Garnelen nach Sezhuan – Art u n d zweimal
Ente auf Bratreis

Und dann begannen Babs und Marianne ihre gewonnenen Erkenntnisse auszubreiten:

Frederic Schongauer, 36 Jahre alt, 5-jähriges Studium der katholischen Theologie, davon 4 Jahre in einer Pension gewohnt und das 5. Jahr im Priesterseminar.

Danach 3-jährige praktische Ausbildung in Jahresschritten zur Weihe als Diakon, als Priester und zum Pfarrexamen.

Seit vier Jahren Seelsorger in der International School for Promoting Intelligence and Lifestyle.

Beim Kollegium und den Schülern beliebt.

Vor und während seines Studiums immer fußballerisch aktiv. Stand vor seinem Studium sogar in einer Jugendauswahl, mit der Aussicht, Profi zu werden.

Seine Eltern stammen aus einer gutbürgerlichen Ecke. Der Vater ist beim Finanzamt, die Mutter ist Hausfrau. Geschwister gibt es keine.

*****

Chantal Hofer, 18 Jahre alt, Schülerin in der International School for Promoting Intelligence and Lifestyle.

Vater ist Chirurg, Mutter Hausfrau.

Kommt aus Luzern, Schweiz.

Bewertung durch den Lehrkörper: diskussionsfreudig und zuweilen renitent.

*****

Béatrice Meunier, 18 Jahre alt, Schülerin in der International School for Promoting Intelligence and Lifestyle.

Kommt aus Antwerpen, Belgien.

Vater ist Gerichtspräsident, Mutter Präsidentin des KIWANIS Klub.

Bewertung durch den Lehrkörper: sehr gute Schülerin, sehr kooperativ.

*****

An dieser Stelle unterbrach Eva Anna den Vortrag ihrer Kollegin.

„Hallo, geht 's noch? Die Bewertung kann doch nicht ernst gemeint sein. Wir haben dieses kleine Miststück doch erlebt. Von wegen sehr kooperativ. Wie ist das möglich? "

„Du brauchst nur die richtigen Eltern", entgegnete Babs, *„mich wundert das überhaupt nicht. "*

„Macht bitte weiter", sagte Elke zu Babs und Marianne und nickte Eva zu, um ihr damit zu signalisieren, dass ihr Einwand natürlich völlig richtig gewesen war.

*****

Evi Maurer, 17 Jahre, Schülerin in der International School for Promoting Intelligence and Lifestyle.

Kommt aus Vilshofen, ca. 30 km von hier.

Vater gibt es keinen, Beruf der Mutter angeblich Bedienung in einer Konditorei.

*****

Und wieder unterbrach Eva Anna.

„Dass ich nicht lache. Bedienung in einer Konditorei. Wisst ihr, was die Schule kostet? Das ist mit einem Gehalt als Bedienung niemals machbar."

„Vielleicht hat sie einen reichen Gönner", sagte Brigitte, was ihr einen leichten Tadel von Elke einbrachte.

„Wir wollen doch bitte sachlich bleiben. Auch meine Eltern waren nicht sonderlich begütert, aber trotzdem haben sie mich studieren lassen.

Hast du sonst noch etwas?", wandte sich Elke an Marianne. *„Was ist mit ihren schulischen Leistungen?"*

„Da sieht es richtig gut aus", antwortete Marianne.

*****

Merle Pedersen, 19 Jahre, Schülerin in der International School for Promoting Intelligence and Lifestyle.

Kommt ursprünglich aus Kopenhagen, Dänemark.

Der Vater, Oscar Pedersen, ist dänischer Botschafter in Berlin. Die Ehefrau lebt mit Merle in Passau. Man munkelt, die Eltern leben getrennt. Aber zu offiziellen Anlässen ist Merles Mutter immer an der Seite ihres Mannes zu sehen.

„Leben die Schüler nicht alle im Internat der Schule?", fragte Brigitte.

„An und für sich schon", erwiderte Marianne, *„aber wie du weißt ..."*

„Ich habe verstanden", antwortete Brigitte. *„Ausnahmen bestätigen die Regel."*

„So ist es", sagte Marianne und fragte dann Elke:

Müssen wir die beiden Letzten nicht noch befragen."

„Das müssen wir", entgegnete Elke, *„und das machen wir gleich morgen früh.*

Wir wechseln die Teams. Babs nimmt sich mit Marianne Evi Maurer vor, und Eva Anna befragt mit Brigitte Merle Pedersen.

*Ich werde das zweifelhafte Vergnügen haben, in
die Höhle des Löwen zu gehen. Ich treffe mich morgen
mit Kardinal Franz Heilmann.*

*Und bevor ich es vergesse, nehmt den Pater fest
und steckt ihn in U-Haft."*

Der letzte Satz von Elke rief bei den Kolleginnen
größtes Erstaunen hervor. Damit hatte keine von ihnen
gerechnet…

*****

„Seine Eminenz lässt bitten."

Elke folgte dem Mann, der sie mit steinernem
Gesicht dazu aufgefordert hatte.

Die Ernsthaftigkeit und die Freudlosigkeit, wie
sie Elkes gerade empfand, waren einer ihrer vielen
Kritikpunkten am Klerus.

Dabei sind in der Heiligen Schrift so viele Bei-
spiele angeführt, die von Glückseligkeit bis zu Sinnes-
freuden reichen.

Als sie den Prunkraum des Kardinals betraten,
begrüßte er Elke mit den Worten:

*„Grüß Gott, Frau Storm. Bitte, nehmen sie
Platz."*

Elke tat, wie geheißen, nicht vorher mit einem *„Guten Tag, Herr Kardinal"* den Gruß erwidert zu haben.

„Die korrekte Anrede wäre <Eure Eminenz>", korrigierte der Kardinal, und Elke nahm den Ball mit großer Freude an.

„Und die korrekte Anrede für mich wäre <Frau Kriminaloberrätin, Dr. Storm>, Herr Kardinal. Wie sollen wir jetzt damit umgehen? Was meinen Sie?"

Normalerweise benützte Elke ihren Doktortitel nicht. Die wenigsten wussten, dass sie Jura studiert hatte und auch promoviert hatte.

Seine Eminenz, der Kardinal lächelte. Er empfand sogar ein wenig Bewunderung für die Frau, die ihm die Stirn bot.

Das hatten bisher noch nicht viele gewagt; und schon gar nicht eine Frau.

„Einigen wir uns auf >Herr Kardinal> und <Frau Doktor>, wenn es genehm ist", sagte der Kardinal und Elke antwortete:

„Mir würde <Frau Storm> völlig genügen."

„Wie Sie möchten, verehrte Frau Storm", erwiderte der Kardinal und Elke beschloss, ihr Visier wieder einen Spalt weit zu öffnen.

„Erlauben Sie mir bitte, Ihnen etwas anzubieten? Kaffee oder Tee?"

„Kaffee und etwas Gebäck wäre schön", antwortete Elke mit einem kleinen Lächeln, und sie beschloss, ihre Rüstung ganz abzulegen.

Der in eine leichte Schockstarre verfallene Adlatus verließ den Raum, um kurz danach mit Kaffee und Gebäck zurückzukehren.

„Ich möchte in der nächsten Stunde nicht gestört werden", sagte der Kardinal und zu Elke gewandt:

„Bitte, greifen Sie zu!"

*****

Befragung der Zeugin Evi Maurer:

„Befragung durch Kriminalhauptkommissarin Thies und Chefinspektorin Langmayr. Beginn der Befragung: 10:30 Uhr.

Anwesend ist außerdem die Zeugin Evi Maurer."

Nachdem Babs den Protokollbeginn in das Aufnahmegerät gesprochen hatte, wendete sie sich an die Zeugin.

„Bitte, nennen Sie Ihren Namen und Ihr Geburtsdatum."

„Ich heiße Evi Maurer und bin am 26. Oktober 1978 geboren."

Nachdem Evi ihre Angaben gemacht hatte, starrte sie die beiden Kriminalistinnen auf eine Art und Weise an, als ob sie es kaum erwarten könne, befragt zu werden.

„Haben Sie keinen Rechtsbeistand?", fragte Marianne, worauf eine überraschende Antwort kam.

„Brauche ich nicht. Ich habe ja nichts verbrochen. Schließlich ist ja der Pater der Verbrecher und nicht ich."

„Sachte, sachte, junge Dame", sagte Babs, *„bitte, achten Sie auf Ihre Wortwahl."*

Evi lehnte sich zurück und schlug die Beine übereinander.

Es mochte wohl sein, dass dieses junge Wesen über eine ordentliche Menge Intelligenz verfügte; jedoch die Kinderstube betreffend einen größeren Mangel zu haben schien.

Babs musste daran denken, dass die familiären Verhältnisse Fragen aufgeworfen hatten.

„Sie sind eine von vier Zeuginnen, die zu den Vorwürfen der sexuellen Belästigung durch Pater Schongauer befragt werden.

Bitte, denken Sie daran, dass Sie die Wahrheit sagen müssen."

„Das sagten Sie bereits", erwiderte Evi keck und hielt dem Blick von Babs stand, welche gerade überlegte, ob sie auf das provozierende Spiel der Zeugin eingehen sollte.

Marianne nahm ihr die Entscheidung ab und fragte:

„Welcher Art war das Missverhalten des Paters Ihnen gegenüber und wann war das?"

„Das war am 26. Oktober vergangenen Jahres", antwortete die Zeugin prompt.

„Das wissen Sie so genau?", fragte Marianne.

„Natürlich", antwortete Evi, *„das war schließlich mein Geburtstag. Das habe ich doch gerade gesagt."*

Die junge Frau genoss es, dass Marianne das Geburtsdatum offensichtlich überhört hatte.

„Und was genau ist da passiert?", fragte Marianne weiter.

„Wir hatten Geschlechtsverkehr", antwortete Evi, als wäre das die normalste Sache auf der Welt.

„Wie bitte?"

Das Entsetzen in Mariannes Stimme war nicht zu überhören.

„Das heißt, der Pater hat Sie dazu gezwungen", übernahm Babs die weitere Befragung.

„Aber nein", antwortete Evi, *„das war sein Geburtstagsgeschenk für mich."*

Den beiden Beamtinnen drehte sich gerade der Magen um.

„Nur damit ich das richtig verstehe. Sie hatten einvernehmlichen Sex mit dem Pater."

Marianne hatte sich wieder gefangen. Was sie und Babs gerade erlebten, war sehr schwere Kost.

„Aber ja doch", antwortete Evi, *„und es war richtig guter Sex. Frederik hat es einfach drauf."*

„Und wieso treten Sie dann als Zeuge gegen den Beschuldigten auf?", fragte Babs verständnislos.

„Weil ich doch noch minderjährig war", antwortete Evi, *„und das ist strafbar. Das weiß ich."*

„Haben Sie den Vorfall gemeldet? Beim Herrn Direktor oder bei der Polizei?"

„*Nein*", antwortete Evi, „*warum hätte ich das tun sollen?*"

Marianne ließ die Frage unbeantwortet und fragte stattdessen:

„*Gab es schon früher einmal sexuelle Kontakte dieser Art mit dem Beschuldigten?*"

„*Ich glaube schon*", antwortete Evi.

„*Was heißt das, Sie glauben?*", sagte Marianne, „*so etwas vergisst man doch nicht.*"

„*Mein Gott, ich kann mir doch nicht merken, mit wem und wann ich sexuell tätig war.*"

Die Wortwahl der jungen Frau verursachte bei Marianne Brechreiz. Sie wandte sich an Babs und sagte:

„*Bitte, übernehmen Sie; ich muss kurz den Raum verlassen.*"

Marianne suchte die Toilette auf und wusch sich mit kaltem Wasser das Gesicht.

Sie betrachtete ihr Konterfei im Spiegel und sagte tonlos:

„*Was ist das nur für eine Jugend...*"

Als sie wieder zurückkam, hatte Babs die Befragung bereits beendet.

„Geht es dir wieder gut?", fragte sie Marianne und Marianne antwortete:

„Die Oberflächlichkeit dieser jungen Frau widert mich an. Das sind solche Momente, wo ich mich frage, wie lange ich das noch machen kann.

Wieso kannst du so gelassen bleiben, wenn du dir einen solchen Bockmist anhören musst?"

„Ich meditiere", antwortete Babs, und als Marianne sie entgeistert ansah, fügte sie schnell hinzu:

„Quatsch! Ein Glas Rotwein und ein guter Käse am Abend, das ist meine Trollinger-Meditation."

Als Babs bemerkte, dass Marianne mit dem Wort „Trollinger" nicht so recht etwas anfangen konnte, ergänzte sie:

„Trollinger, das ist für uns Schwaben etwas Ähnliches wie der Zweigelt bei euch."

Marianna lachte. Jetzt hatte sie verstanden.

„Du bist gar nicht so verkehrt, Babs", sagte Marianne, die in diesem Augenblick ihr Weltbild, bezogen auf den Nachbarstaat, etwas zu korrigieren begann.

*****

„Ist der Kaffee in Ordnung?"

„Der ist so gut", antwortete Elke, *„dass ich mir eine weitere Tasse sehr gut vorstellen könnte."*

„Daran soll es nicht mangeln", erwiderte der Kardinal, betätigte einen Knopf seiner Gegensprechanlage, um dem Wunsch Elkes nachzukommen.

„Ich bin leider kein Kenner", sagte der Kardinal, *mir ist eine gute Tasse Tee einfach lieber."*

„De gustibus non est disputandum"[8], erwiderte Elke, was den Kardinal hoch erfreute.

„Ich beginne, unsere Unterhaltung immer mehr zu genießen", sagte er, *„es kommt nicht sehr oft vor, dass man einem adäquaten Gesprächspartner gegenübersitzt."*

„Captatio Benevolentiae",[9] sagte Elke lächelnd, was den Kardinal veranlasste zu fragen:

„Wieso sind Sie im Lateinischen zu Hause?"

„Endlos lange Jahre Studium des Rechts", antwortete Elke, *„da kommt man an Latein nur schwer vorbei."*

„Das heißt, Sie sind Dr. jur.", sagte der Kardinal und fügte hinzu:

---

[8] *Über Geschmack lässt sich nicht streiten.*
[9] *„Jagd nach Wohlwollen – „Fishing for Compliments"*

„Hat es Sie nie gereizt, Anwalt zu werden oder in die Wirtschaft zu gehen?"

„Das war mein ursprünglicher Plan", antwortete Elke, *„aber als meine Mutter verstarb, war plötzlich alles anders..."*

Der Kardinal hatte die augenblicklich auftretende Wesensveränderung seiner Besucherin erkannt und sagte:

„Verzeihen Sie, mein Kind, ich wollte keine alten Wunden aufreißen."

Ein heftiger Ruck ging durch Elke, da war es wieder, das süßliche Getue eines Gottesmannes, welches sie auf den Tod nicht ausstehen konnte.

Sie legte ihre Rüstung wieder an, schloss das Visier und ging zum Angriff über.

„Ich möchte jetzt zum eigentlichen Grund meines Besuches kommen, Eure Eminenz."

Der Kardinal erschrak. Die abrupte Wendung des Gesprächs, dazu noch die hoch offizielle Anrede seiner Person ließen ihn aufhorchen.

„Es geht um den sexuellen Missbrauch durch einen Ihrer Leute, genauer gesagt um Pater Frederik Schongauer, Seelsorger in der International School for Promoting Intelligence and Lifestyle."

Kriminaloberrätin Elke Storm hatte dem Kardinal soeben den Krieg erklärt.

*****

Befragung der Zeugin Merle Pedersen:

„Befragung durch Kontrollinspektorin Eva Anna Gruber und Kriminaloberkommissarin Brigitte Pföhler. Beginn der Befragung: 10:30 Uhr.

Anwesend sind außerdem die Zeugin Merle Pedersen und ein Rechtsbeistand.

„Bitte, nennen Sie Ihren Namen und Ihr Geburtsdatum."

„Mein Name ist Merle Pedersen, ich bin am 14. Februar 1978 in Kopenhagen geboren und mein Vater ist Botschafter in der dänischen Botschaft in Berlin."

„Vielen Dank, Frau Pedersen", erwiderte Eva und sah sich die junge Frau etwas genauer an.

Outfit und Auftreten waren eine glatte EINS, und das Selbstbewusstsein, welches Merle an den Tag legte, empfand Eva als natürlich und nicht aufgesetzt.

„Stimmt etwas nicht?", fragte Merle in einem schnippischen Tonfall, der die längere Pause zu missfallen schien.

„Haben Sie es eilig?", fragte Brigitte, *„oder sind Sie nervös?"*

Brigitte machte keinen Hehl daraus, dass ihr die Zeugin so gar nicht gefiel. Sie selbst stammte von einem schwäbischen Bauernhof und ist mit drei Geschwistern aufgewachsen.

Ihre Eltern waren stets bemüht, den Kindern Anstand und Respekt beizubringen, und dasselbe erwartete Brigitte auch von ihren Mitmenschen.

Dass das nur selten von denen zurückkam, daran wollte sich Brigitte einfach nicht gewöhnen.

„Weder noch", antwortete Merle, *„ich mag es nur, wenn die Dinge zügig abgearbeitet werden."*

„So, so", erwiderte Brigitte, *„demnach ist sexuelle Belästigung ein Ding, das man so im Vorübergehen eben schnell einmal abarbeiten kann."*

„Das meinte ich nicht", ereiferte sich nun ihrerseits Merle, was Brigitte veranlasste, zu erwidern:

„Aber das haben Sie doch gesagt."

„Können wir bitte mit der Befragung beginnen, meine Damen?"

Mit dieser Frage unterbrach der Rechtsbeistand von Merle die leidige Diskussion, welche Eva Anna schon gewaltig auf die Nerven gegangen war.

Dr. Nils Mikkelsen war Jurist und in der dänischen Botschaft tätig. Er wurde eigens von Merles Vater für die Befragung abgestellt.

„Natürlich Herr Doktor", sagte Eva, welcher der grauhaarige, sehr attraktive Mann – im Gegensatz zu Merle – sehr gefiel.

„Sie sind die Letzte im Bunde, die wir zu der Beschuldigung von Pater Schongauer befragen.

Können Sie uns bitte schildern, welcher Art der Belästigung durch den Pater Sie ausgesetzt waren, wo und wann das stattgefunden hat und ob Sie die Vorfälle irgendjemandem gemeldet haben? "

„Ich bin mir nicht sicher, ob ich Ihre Fragen überhaupt beantworten muss. Ich habe schließlich Immunität. "

Diese Antwort von Merle kam völlig überraschend für Eva und Brigitte. Sie sahen erst sich an und dann hilfesuchend zu dem Anwalt.

„Merle hat natürlich recht, was den Status der Immunität angeht", antwortete der Anwalt, *„aber nach Absprache mit ihren Eltern, haben wir beschlossen, dass Merle Ihnen zur Verfügung steht. "*

„Das ist äußerst großzügig von Ihnen ", bedankte sich Eva höflich.

Brigitte hingegen sah die Angelegenheit mit ganz anderen Augen.

„Es würde ja auch wohl wenig Sinn machen, wenn man jemanden einer schlimmen Tat bezichtigt und sich dann in Schweigen hüllt."

Eva verdrehte die Augen. Ihre junge Kollegin unterzog sie gerade einer harten Prüfung.

Umso mehr erfreute sie sich an der Antwort des Anwalts, und ihre Sympathie für den Mann wuchs gerade gewaltig.

„Sie haben völlig recht, Frau Kommissar. Das wäre wirklich nicht sehr gescheit."

Brigitte murmelte noch leise *„Oberkommissarin"* und begnügte sich aber dann mit der Antwort.

„Dann würde ich Sie bitten, meine Frage von vorhin zu beantworten", sagte Eva, *„oder soll ich sie noch einmal wiederholen?"*

„Das ist nicht nötig", antwortete Merle und begann:

„Es war nach einer Gesprächsrunde im Büro des Paters, als er sich mir zum ersten Mal ungebührlich näherte."

„Was war das für eine Gesprächsrunde, wer nahm daran teil und welcher Art war das ungebührliche Verhalten des Paters?", fragte Eva nach.

„Es gibt bzw. es gab einen Gesprächskreis, in welchem intellektuell anspruchsvolle Themen disku-

tiert wurden", antwortete Merle, was bei Brigitte eine erneute Aversion auslöste. Der Auslöser war offensichtlich die Wortkombination *„intellektuell anspruchsvoll"*.

Es war nicht so, dass Brigitte sich selbst nicht auch ein wenig als intellektuell empfunden hätte, schließlich hatte sie Abitur und ein paar Semester Ökologie hinter sich gebracht; aber dieses geschraubte Getue war einfach nicht ihr Ding.

„Wir waren zu viert, außer dem Pater, und solche Diskussionen gingen schon einmal mehrere Stunden lang.

Es gab auch Alkohol und fast alle haben geraucht; außer dem Pater."

„Waren die anderen Teilnehmer vielleicht Chantal Hofer, Evi Maurer und Béatrice Meunier?", fragte Brigitte, worauf Merle lachend antwortete:

„Never, ever. Diese geistig unterbelichteten Wesen? Null Chance."

„Und an einer dieser Gesprächsrunden ist dann etwas passiert?", hakte Eva nach.

„Ja", antwortete Merle, *„aber wann genau das war, das weiß ich nicht mehr."*

„Wären Sie so nett und würden Ihre Angabe etwas präzisieren?"

„Wie meinen Sie das?", erwiderte Merle etwas unsicher.

„Mein Gott", ließ Brigitte ihrem Unmut freien Lauf, *„hat er Sie angefasst? Mussten Sie ihn anfassen? Etwas in dieser Art eben."*

„Cunnilingus", kam die knappe Antwort aus Merles Mund.

Für einen kurzen Augenblick herrschte kollektives Schweigen. Das Wort schwang wie eine große Glocke in den Köpfen der Anwesenden hin und her.

„Ich gehe davon aus, dass Sie das nicht freiwillig getan haben", unterbrach Eva die Stille, *„haben Sie sich nicht dagegen gewehrt?"*

„Es war nicht möglich", sagte Merle, *„ich war wie paralysiert. Vielleicht war es der Alkohol…"*

„Oder es war etwas drin", dachte Eva laut und fragte:

„Waren die anderen drei Personen da noch anwesend? Und wer waren die überhaupt?"

„Die waren schon alle gegangen", antwortete Merle, *„ich war mit Frederik allein."*

„Auch eine Fußballerin", dachte Brigitte und fragte:

„Gehören Sie auch zu der Fußballmannschaft?"

„*Gott, nein*", antwortete Merle, „*das ist kein Sport für Intellektuelle. Ich reite und ich bin eine recht gute Fechterin.*"

„*Haben Sie den Pater am nächsten Tag zur Rede gestellt oder haben Sie den Vorfall gemeldet?*"

„*Wem hätte ich es denn melden sollen?*", erwiderte Merle. „*Als ich Frederik zur Rede stellte, hat er alles abgestritten, der feige Kerl.*"

„*Gab es noch weitere Vorkommnisse dieser Art?*", fragte Eva und Merle antwortete:

„*Nein, ich bin danach auch nie mehr zu diesen Gesprächsrunden gegangen.*"

„*Sie haben doch bestimmt eine Zimmerkollegin*", bohrte Brigitte weiter, „*haben Sie vielleicht mit ihr darüber gesprochen. Sie könnte dann Ihre Angaben bestätigen.*"

„*Ich habe keine Zimmerkollegin*", antwortete Merle, „*ich brauche niemand, der alles in Unordnung bringt und vielleicht noch im Schlaf schnarcht.*"

Brigitte war von dieser Antwort überrascht. Dass es sogar Einzelzimmer in der Schule gab, damit hatte sie nicht gerechnet.

„*Wie ist es dann aber dazu gekommen, dass Sie, Merle - zusammen mit den anderen Mädels – den Pater offiziell beschuldigt haben?*"

Merle antwortete nicht gleich. Sie sprach sich zuvor flüsternd mit ihrem Rechtsbeistand ab. Dieser gab dann die Antwort auf Evas Frage.

„Eine der vier Betroffenen, es war Evi Maurer, hat sich geoutet. Sie ist vor einigen Wochen vor die Klasse getreten und hat dasselbe verkündet, was sie auch im Aushang des Schulgebäudes angebracht hatte:

Pater Frederic Schongauer hat mich verführt. Ich rufe alle anderen Schülerinnen auf, denen dasselbe passiert ist, sich bei mir zu melden.

Die Angelegenheit wird äußerst diskret behandelt und eine Entschädigung wird in Aussicht gestellt.“

„Was hat das zu bedeuten, eine Entschädigung wird in Aussicht gestellt?“, fragte Eva, worauf Merle antwortete:

„Vielleicht eine Art Schmerzensgeld.“

„Wie ist die Geschichte danach weitergegangen?“, fragte Eva.

„Es haben sich außer mir noch zwei andere bei Evi gemeldet. Und dann haben wir darüber ausgetauscht.“

„Was heißt, Sie haben sich ausgetauscht?“, fragte Brigitte.

„Nun, jeder hat über seine amourösen Erlebnisse erzählt", sagte Merle und man hätte beinahe glauben wollen, sie habe dabei gelächelt.

„Sie nennen das <amouröse Erlebnisse>", sagte Eva, *„ich nenne das anders."*

„Wie denn?", fragte Merle. Und da war wieder der schnippische Tonfall, wie zu Beginn der Befragung.

„Ich nenne das <sexuelle Übergriffe>, Frau Pedersen", erwiderte Eva, und Dr. Mikkelsen nickte zustimmend.

„Ich habe dann die Angelegenheit in meine Hände genommen und den Stein ins Rollen gebracht", fuhr Merle fort.

„Mein Anwalt und lieber Freund Nils hat dann die Staatsanwaltschaft benachrichtigt. Den Rest kennen Sie ja wohl."

Dr. Nils Mikkelsen lächelte, als er hörte, der Freund von Merle zu sein. Eva hatte es bemerkt, als sich ihre Blicke trafen, und sie lächelte ebenfalls.

Sie beugte sich zum Mikrofon und sagte:

„Ende der Befragung um 16:25 Uhr."

Danach bedankte sie sich bei Merle und dem Anwalt.

Dieser drückte Eva seine Visitenkarte in die Hand mit der Bemerkung:

„Wenn Sie einmal Hilfe brauchen, dann wenden Sie sich unbedingt an mich. Ich stehe Ihnen dann gerne zur Verfügung. Bei Tag wie bei Nacht…"

„Das ist sehr liebenswürdig von Ihnen, Herr Doktor", erwiderte Eva, deren Hand noch immer fest von der Hand des Anwalts umschlossen war, *„ich werde zur gegebenen Zeit darauf zurückkommen."*

„Das würde mich sehr freuen, Eva Anna", sagte der Anwalt, endlich Evas Hand loslassend und fügte hinzu:

„Ich bin übrigens Nils. Nils, wie der Junge Nils Holgersson, der eine wunderbare Reise mit den Wildgänsen gemacht hat."

„Ist mir bekannt, Herr Doktor", erwiderte Eva, *„Selma Lagerlöf lässt grüßen."*

„So ist es, Frau Kommissar", sagte der Anwalt und verließ den Raum.

„Was war das denn?", fragte Brigitte überrascht, und Eva antwortete:

„Diese Wikinger…"

*****

„*Was haben Sie, verehrte Frau Storm?*", fragte der Kardinal, dem der abrupte Stimmungswechsel seines Gastes – als einen solchen betrachtete er Elke inzwischen – nicht entgangen war.

„*Nichts*", antwortete Elke, „*es ist nur so, dass ich nicht hierhergekommen bin, um mit Ihnen zu plaudern, sondern um ein schwarzes Schaf Ihrer Herde zu durchleuchten.*"

„*Und dieses Schaf heißt Frederik*", versuchte der Kardinal das Gespräch wieder in das alte Fahrwasser zurückzuholen, was aber reichlich misslang.

„*Ich nehme an, Sie haben von der Angelegenheit bereits Kenntnis erhalten*", sagte Elke, die gerade nicht verstand, warum ihr Gegenüber so gefasst, ja beinahe in sich ruhend wirkte.

„*Aber ja*", erwiderte der Kardinal, „*ich habe von den haltlosen Beschuldigungen gegen den armen Frederik gehört.*"

„*Das sind keine haltlosen Beschuldigungen*", sagte Elke in einem etwas stärkeren Ton, „*es gibt vier Opfer, welche die sexuellen Verfehlungen Ihres Paters bezeugen.*"

„*Ich bin mir nicht sicher, wer hier Opfer und wer Täter ist*", erwiderte der Kardinal, der inzwischen den Fehdehandschuh von Elke aufgenommen hatte.

„Wieso überrascht mich das nicht", sagte Elke mit einem provozierenden Lächeln, worauf der Kardinal fragte:

„Was meinen Sie damit?"

„Es ist ja allgemein bekannt, dass die Kirche - die Missbrauchsvorfälle betreffend - gerade nur so viel zugibt, wie man ihr nachweisen kann. Frei nach dem Motto: Cornix cornici numquam oculos effodit." [10]

„Si tacuisses, philosophus mansisses"[11], erwiderte der Kardinal aufgebracht und fügte noch hinzu: *„Ich glaube, es ist besser, Sie gehen jetzt"*.

Danach sagte er dem über die Sprechanlage herbeilizitierten Adlatus, er möge die Besucherin hinausbegleiten.

Elke stand auf, um den Raum zu verlassen. Als sie bei der Tür angelangt war, drehte sie sich noch einmal um und sagte.

„Unser Gespräch ist noch nicht beendet, Herr Kardinal."

*****

---

[10] *Eine Krähe hackt der anderen kein Auge aus.*

[11] *Hättest du geschwiegen, wärest du ein Philosoph geblieben (sich durch törichtes Reden als unklug erwiesen)*

Elke war nicht sonderlich überrascht, als sie am nächsten Morgen aufgefordert wurde, dem Leiter des LKA ihre Aufwartung zu machen.

„Lassen Sie mich raten, Herr Böhler", sagte Elke, nachdem dieser sie aufgefordert hatte, Platz zu nehmen, *„der Herr Kardinal hat Blähungen."*

Hätte es sich bei Direktor Ludwig Böhler nicht um einen höhergestellten Beamten gehandelt, hätte Elke sicher gesagt:

„Dem Herrn Kardinal geht ein Furz im Bauch herum."

Und beides würde ausdrücken, dass den geistlichen Würdenträger etwas äußerst Wichtiges zu beschäftigen scheint.

„Das überrascht Sie doch nicht, Frau Storm, oder?", antwortete der Direktor und schaute Elke dabei prüfend an.

„Natürlich nicht, Herr Böhler", antwortete Elke und harrte der Dinge, die da kommen würden.

„Finden Sie es gut, dass Sie den Kardinal so bedrängt haben?"

Jetzt war die Katze aus dem Sack,

„Finden Sie es richtig, dass Sie das Geschwafel des Pfaffen eins zu eins übernehmen?"

Elke hatte sich demonstrativ nach vorne gebeugt, als sie das sagte.

Als der Direktor nicht gleich darauf antwortete, fuhr Elke fort:

„Ein guter Kriminalist hätte erst beide Seiten angehört, bevor er sich eine Meinung gebildet hätte.

Und jetzt können Sie sich bei meinem Chef in Hamburg beschweren. Ich gehe schon einmal packen.

Besorgen Sie sich einen anderen Trottel, der die Soko leiten soll.

Ich mag es nämlich nicht, wenn mir jemand meine Arbeit erklären will. Dazu mache ich den Mist schon viel zu lang."

Elke wollte aufstehen und gehen.

„Bleiben Sie bitte sitzen", erwiderte der Direktor.

Elke war verwirrt. Der Ton, welchen der Direktor dabei angeschlagen hatte, als er das sagte, war nicht herrisch. Er war eher liebevoll.

Der Direktor sah sein Gegenüber nur an und sagte dann im selben Ton wie zuvor:

„Sind Sie fertig mit Ihren Ausführungen, Frau Kollegin?"

Nachdem Elke als Zeichen der Zustimmung einfach nur genickt hatte, fuhr der Direktor fort:

„Über den aggressiven Ton will ich großzügig hinwegsehen. Und was den Herrn Kardinal angeht, so habe ich seine Äußerungen entgegengenommen und auch protokolliert.

Ich muss das so machen, das ist nun einmal die Vorschrift; aber das impliziert nicht automatisch, dass ich dem Herrn glaube, was er gesagt hat.

In meinem Bericht wird stehen, dass die Kriminaloberrätin Elke Storm ihre Vorgangsweise bedauert und das mir gegenüber auch zum Ausdruck gebracht hat.

Danach kommt es zu den Akten und damit ist die Angelegenheit für mich abgeschlossen."

Der Direktor lächelte Elke ins Gesicht und ließ das Gesagte für einen Moment auf sein Gegenüber wirken. Dann sagte er weiter:

„Wenn Sie damit leben können, sagen Sie bitte JA oder nicken Sie mit dem Kopf. Wenn nicht, dann gehen Sie packen und haben Sie eine gute Heimreise.

Ich würde das aber sehr bedauern, denn ich kann mir keine bessere Leiterin für die Soko vorstellen."

Elke war tief berührt von der Ansprache des Direktors. Sie hatte den Mann ganz offenbar völlig falsch eingeschätzt.

Sie wollte es nicht wahrhaben, aber der Knödel, der sich gerade in ihrem Hals bildete, sprach eine deutliche Sprache.

„Ja, Herr Direktor."

Elke hatte es mit erstickter Stimme gesagt und zusätzlich dazu genickt.

Der Direktor stand auf und reichte ihr die Hand.

„Sie sind von rechtem Schrot und Korn, Elke Storm. Ich vertraue auf Sie. Lösen Sie den Fall und fürchten Sie weder Tod noch Teufel."

„Und auch keinen Kardinal?", fragte Elke spaßhalber.

„Und auch keinen Kardinal", antworte der Direktor.

*****

Als Elke wenig später zu ihren Kolleginnen zurückkam, fragte Eva:

„Was wollte der Herr Direktor von dir?"

„Nichts Besonderes", antwortete Elke lapidar, *„nur einen kurzen Zwischenbericht."*

Eva glaubte Elke nicht wirklich, war sie es doch, die Elke darüber informiert hatte, dass der Direktor sie zu sprechen wünsche.

Was sie Elke jedoch nicht gesagt hatte, war der Zusatz *„und zwar sofort"*, und dass die Stimme des Direktors dabei recht angespannt geklungen hatte.

„Was ist eigentlich bei euren gestrigen Befragungen herausbekommen?", fragte Elke, um von sich abzulenken.

„Hast du die Protokolle noch nicht gelesen?", fragte Eva skeptisch und Elke antwortete:

„Ich bin noch nicht dazugekommen."

„Das liebe Fräulein Maurer hat von unserem Pater einen Beischlaf als Geburtstagsgeschenk bekommen", begann Marianne ihren Bericht, und Eva steuerte ihren Kurzbericht mit den Worten bei:

„Und die kleine Meerjungfrau aus Kopenhagen hat dem Pater einen Cunnilingus beschert."

„Was ist das?", fragte Marianne und Brigitte übersetzte das Fremdwort auf gut verständliche, rustikale Art:

„Sie hat ihm einen geblasen."

Für einen Augenblick herrschte Stille.

Das pragmatische Vorgehen des Ermittler-Kükens löste eine gewisse Verwirrung aus.

Es war Babs, welche die Betretenheit auflöste.

„Ihr könnt sagen, was ihr wollt. Mit Evi Maurer stimmt etwas nicht."

„Was meinst du?", fragte Elke, und Babs antwortete:

„Das sind mir zu viele Ungereimtheiten. Diese beinahe heiter wirkende Art, mit welcher sie über ihr Geburtstagsgeschenk gesprochen hat, die Einkommensverhältnisse der Mutter, das passt einfach nicht."

„Ich werde die Einkommensverhältnisse nochmals überprüfen. Vielleicht kann uns Direktor Böhler dabei behilflich sein", sagte Elke, worauf Babs ihr beipflichtete:

„Das ist eine sehr gute Idee."

„Wann geben wir eigentlich unseren Bericht an die Staatsanwaltschaft weiter?", fragte Eva, worauf Elke antwortete:

„Schon bald. Ich will erst noch die Sache mit Evi Maurers Mutter klären."

*****

„Sie hatten recht mit Ihrer Vermutung.“

Mit diesen Worten begann der Recherchebericht des LKA-Chefs Ludwig Böhler. Er hatte den Polizeiposten Vilshofen kontaktiert und interessante Neuigkeiten in Erfahrung gebracht.

„Frau Natascha Maurer empfängt in ihrer Wohnung Herren und bietet gegen Bezahlung Liebesdienste an. Ihre Tätigkeit als Bedienung im Caféhaus ist eine Alibi-Beschäftigung.

Mehrere Versuche, ihr das illegale Treiben nachzuweisen, sind ins Leere gelaufen. Es liegt nahe, dass sie entsprechende Kontakte hat, die sie schützen. Eventuell sogar bei der Polizei oder Staatsanwaltschaft.

Aber diese Vermutung ist mit Vorsicht zu genießen; also bitte behutsam damit umgehen.“

Elke hatte aufmerksam zugehört. Als ihr plötzlich ein unverschämtes Grinsen im Gesicht erschien und sie es dem Direktor unvermittelt entgegenhielt, grinste dieser zurück und sagte:

„Denken Sie noch nicht einmal daran, Frau Storm. Ich bin glücklich verheiratet. Und jetzt verschwinden Sie.“

*****

„Sollen wir die junge Dame noch einmal in die Mangel nehmen?"

Elke reagierte nicht sofort auf die Frage von Babs. Sie hatte den anderen über die Nebenbeschäftigung von Evis Mutter berichtet.

„Was meinst du", sagte sie dann, „könnte das an dem Tatbestand etwas verändern?"

„Ich weiß nicht", erwiderte Babs zögerlich, „aber ich denke, es ist eher unwahrscheinlich. Es fragt sich nur, inwieweit man der Aussage von Evi Maurer überhaupt Glauben schenken kann."

„Das sehe ich genauso", sagte Eva und fügte hinzu:

„Betrifft das auch die anderen Mädchen?"

„Du meinst, ob sie glaubwürdig sind?", fragte Marianne und Eva nickte.

„Wenn wir jetzt einmal davon ausgehen, dass uns die Mädchen einen Bären aufgebunden haben, warum sagt dann der Pater nicht, dass er unschuldig ist?"

Brigitte hatte diese Frage gestellt und Elke sah die junge Kollegin erstaunt an.

„Das ist eine sehr gute Frage, Brigitte", sagte sie sogleich, worüber Brigitte große Freude empfand.

Brigitte hatte immer wieder einmal damit zu kämpfen, dass sie in ihrer Dienststelle nicht richtig ernst genommen wurde.

Das lag zum einen daran, dass sie eine Frau war und zum anderen, dass sie in jungen Jahren schon eine so steile Karriere genommen hatte.

Die fünf Frauen sahen einander ratlos an.

„Es stellt sich die Frage: Wer war Täter und wer war Opfer. Denn ein Strafbestand war allemal vorhanden.

Entweder sexuelle Belästigung oder Verleumdung, bzw. üble Nachrede und Falschaussage. "

Babs hatte die Sache auf den Punkt gebracht.

„Was machen wir nun? ", fragte Marianne, *„weiter befragen, weiter recherchieren? "*

„Ich weiß es nicht", antwortete Elke achselzuckend, *„ich werde zu Direktor Böhler gehen und ihn fragen. Soll er doch entscheiden. "*

Die Kolleginnen stimmten zu und Elke fügte hinzu:

„Und danach gehen wir etwas trinken, Mädels. "

*****

Elke hatte gehofft, der Direktor würde ihr die Last der Entscheidung abnehmen, aber stattdessen legte er Elke nahe, sie möge den Pater noch einmal eingehend befragen, um eventuell ein Geständnis von ihm zu erhalten.

„Ich werde ihn dieses Mal selbst befragen, und Eva wird mich dabei unterstützen."

Eva war überrascht, dass gerade sie von Elke auserwählt wurde, zumal ihr Verhältnis nicht gerade als gut zu bezeichnen war.

*****

Befragung des Beschuldigten, Pater Frederik Schongauer:

„Befragung durch Kriminaloberrätin Storm und Kontrollinspektorin Gruber. Beginn der Befragung: 09:30 Uhr.

Anwesend sind außerdem der Beschuldigte, Pater Frederik Schongauer.

Nachdem Elke den Protokollbeginn in das Aufnahmegerät gesprochen hatte, wendete sie sich an den Pater.

„Bitte, nennen Sie Ihren Namen und Ihr Geburtsdatum."

„Ich heiße Frederik Schongauer und bin am 29. April 1982 geboren. "

„Sie sind ein Nordlicht wie ich", begann Elke die Befragung, was dem Pater jedoch nur ein müdes Lächeln abrang.

Elke hätte sich auf die Zunge beißen können, dass sie diese Torheit begangen hatte.

„Wieso haben Sie sich keinen Anwalt genommen?", fragte Eva, welcher die Peinlichkeit nicht entgangen war, der sich Elke gerade augenscheinlich ausgesetzt sah.

„Ich brauche keinen Anwalt", erwiderte der Pater, *„mein Schicksal liegt in Gottes Hand und er wird auch mein Richter sein. "*

Diese Antwort kam Elke sehr gelegen. Sie befreite sie aus ihrer Peinlichkeit, denn Elke legte sich ihre aufkeimende Aversion gegen den Klerus als Schutzmantel um.

„Der Richter, vor dem Sie demnächst stehen werden, ist aus Fleisch und Blut, Herr Schongauer", sagte Elke und sie genoss jedes einzelne Wort.

Hatte sie noch vor wenigen Tagen Zweifel ob der Schuld des Paters mit sich herumgetragen, so nahm ihre Überzeugung minütlich zu, dass vor ihr ein Täter saß und kein Opfer.

„Wir haben vier junge Frauen, die über Ihre Verfehlungen als Priester und als Mensch Zeugnis abgelegt haben. Sie beschuldigen Sie des sexuellen Missbrauchs.

Was sagen Sie dazu, Herr Schongauer?

Als keine Antwort kam, legte Elke nach:

„Diese Frauen waren zum Zeitpunkt der Delikte noch minderjährig. Haben Sie kein Schamgefühl? Empfinden Sie nicht wenigstens ein bisschen Reue?"

Das Gesicht des Paters glich einer Maske. Es war nicht die geringste Regung darin zu erkennen.

Frederik Schongauer schwieg.

Elke bohrt sich die Fingernägel in die Innenfläche ihrer Hand. Sie hatte große Mühe, nicht die Beherrschung zu verlieren.

Es war zwar viele Jahre her, dass sie Befragungen von Verdächtigen durchgeführt hatte; aber deswegen hatte sie es noch lange nicht verlernt.

„Ein Geständnis würde Ihr Strafmaß mildern", versuchte nun Eva ihr Glück.

Der Pater drehte seinen Kopf zu Eva, sah sie an und lächelte.

„Ich kann nicht etwas gestehen, was ich nicht getan habe."

Der Pater hatte die Worte völlig ruhig und mit sanfter Stimme gesprochen.

Eva fühlte, wie ihr ein kalter Schauer über den Rücken lief. Sie stand auf und verließ den Raum.

Elke schaute ihr nach und eine große Hilflosigkeit befiel sie.

Sie machte einen letzten Versuch, Antworten von dem Pater zu bekommen. Dieser schwieg jedoch beharrlich, was Elke schließlich dazu veranlasste, die Befragung zu beenden.

Der Pater wurde zurück in seine Zelle gebracht und Elke ging zu Eva.

„Was war das gerade?", fragte Elke in scharfem Tonfall, *„wieso bist du einfach abgehauen?"*

Eva sah Elke ins Gesicht und antwortete mit fester Stimme:

„Kannst du mir mit Gewissheit sagen, ob der Pater schuldig ist? Ich kann es nämlich nicht."

„Natürlich kann ich das auch nicht", erwiderte Elke, *„aber was sollen wir jetzt machen?"*

„Das ist Gott sei Dank nicht meine Entscheidung", antwortete Eva und ließ Elke einfach stehen.

*****

Elke hatte den Fall an die Staatsanwaltschaft weitergegeben, und nur wenige Monate später kam es zur Hauptverhandlung.

Die Beteiligten der Soko, welche zu ihren Dienststellen zurückgekehrt waren, hatten beschlossen, sich zu Hauptverhandlung wieder zu treffen.

An und für sich hätte nur Elke vor Ort sein müssen, weil sie in ihrer Eigenschaft als Leiterin der Soko als Zeugin auftreten musste.

Die Hauptverhandlung ging zügig und reibungslos über die Bühne.

Die Zeuginnen erzählten ihre Geschichten, und der Angeklagte schwieg beharrlich.

Ein vom bischöflichen Ordinariat zur Verfügung gestellter Anwalt versuchte händeringend den Pater zu einer Aussage zu bewegen, was jedoch ohne Erfolg blieb.

Als der Angeklagte noch nicht einmal die Worte „Nichtschuldig" von sich gab, lag das Urteil klar auf der Hand:

„Der Angeklagte wird zu einer Freiheitsstrafe von 1 Jahr und 8 Monaten verurteilt. Die Untersuchungshaft ist anzurechnen."

*****

Es waren gerade einmal sieben Wochen vergangen, als die Beamtinnen vom LKA Krems und LKA Stuttgart von ihren Vorgesetzten erneut nach Passau geschickt wurden.

Die Kriminaloberrätin Elke Storm war ebenfalls in Marsch gesetzt worden.

Als sie nach dem Grund fragten, sagte man ihnen, sie würden alles Nähere vor Ort erfahren.

So saßen sie nun, alle wieder vereint, vor Kriminaldirektor Ludwig Böhler, der sie darüber instruierte, warum sie von ihm angefordert worden waren.

„Ich freue mich sehr, meine Damen, dass Sie von Ihren Dienststellen freigestellt wurden, um erneut zu ermitteln."

„Ein neuer Fall?", fragte Kontrollinspektorin Eva Anna, worauf der Direktor antwortete:

„Nein, Frau Gruber, es geht um Pater Schongauer."

„Hat er etwa Berufung eingelegt oder gibt es Zeugen, die ihn entlasten?", fragte Kriminalhauptkommissarin Babs Thies, und wieder verneinte der Direktor.

„Weder noch, Frau Thies, der Pater hat sich in seiner Zelle erhängt."

„Aber wieso sind wir dann hier?", fragte nun die Chefinspektorin Marianne Langmayr, *„das ist doch ein klares Schuldeingeständnis."*

„Das finde ich auch", bekräftigte Kriminalober-kommissarin Brigitte Pföhler.

„Was meinen Sie, Frau Storm?", wandte sich der Direktor an die Kriminaloberrätin.

„Das war kein Selbstmord", antwortete Elke, *„ein Mann, der sein Schicksal in die Hand seines Schöpfers legt, und das nicht einfach nur so daher gesagt, der bringt sich nicht einfach um."*

„Sie haben recht, Frau Storm", sagte der Direktor. *„Der Rechtsmediziner hat einen kleinen Einstich in der Achselhöhle gefunden.*

Es deutet alles darauf hin, dass Herr Schongauer ermordet wurde. Näheres wird Ihnen Dr. Brenner sagen.

Sie sehen, meine Damen, wir haben einen Fall, und ich hoffe, Sie werden ihn lösen.

Sie arbeiten in denselben Räumlichkeiten wie vor ein paar Wochen und Ihr Quartier ist ebenfalls das-selbe.

Bitte, liefern Sie mir zeitnah Ergebnisse."

*****

Der Gerichtsmediziner, Dr. Hans-Peter Brenner war in einem Alter, in dem andere schon längst ihren Ruhestand genießen.

„Guten Tag, Herr Doktor, mein Name ist Storm, wie der mit dem Schimmelreiter[12], und Sie sollen mir einiges über den toten Pater erzählen."

„Grüß Gott, Frau Storm, mein Name ist Brenner, wie der italienische Alpenpass, aber alle nennen mich <Doktor Hape> oder auch nur <Hape.

Ich freue mich, Sie in meinem Reich willkommen zu heißen, und ich werde Ihnen jetzt von einem raffinierten Mord erzählen. Zumindest glaubte das der Täter oder die Täterin.

Der arme Mann wurde zuerst bewegungsunfähig gemacht und danach aufgeknüpft."

„Und wie wurde er bewegungsunfähig gemacht?", fragte Elke und betrachtete den Mann etwas genauer.

Der Mann hatte eine sportliche Figur, weiße Haare und war braun gebrannt. Eine kleine Lesebrille, die er auf das untere Ende seiner Nase gesetzt hatte, gab den Blick auf zwei strahlend blaue Augen frei.

„Durch Kodamirin, verehrte Frau Storm", antwortete der Gerichtsmediziner verschmitzt, weil er

---

[12] *Schimmelreiter – Novelle von Theodor Storm*

wusste, wie die nächste Frage seiner Besucherin lauten würde.

„*Was ist das?* ", fragte Elke erstaunt, „*das habe ich noch nie gehört.* "

„*Das habe ich mir beinahe gedacht, Frau Storm* ", erwiderte der Gerichtsmediziner.

Elke sah den Mann mit festem Blick an und sagte dann:

„*Vorschlag: Ich nenne Sie Hape und Sie nennen mich Elke. Was halten Sie davon?* "

„*Ein brillanter Vorschlag, liebe Elke* ", erwiderte Hape, „*genauso machen wir das. Und was das Kodamirin angeht, so kannst du das gar nicht kennen.* "

Elke war überrascht, dass sie der Mann auf einmal geduzt hatte. Hape schien es bemerkt zu haben, denn er sagte:

„*Das mit dem Bruderschaft trinken und dem Kuss, das holen wir nach.* "

Elke schwankte zwischen Entsetzen und Bewunderung für die Dreistigkeit des Doktors hin und her, entschied sich dann aber für Bewunderung.

„*Dann erzähle mir doch, was es mit diesem Kodamirin auf sich hat.* "

*****

„*Wer hätte gedacht, dass wir uns so bald wieder-sehen würden*", sagte Marianne, „*ich freue mich.*"

Während die beiden Ermittler vom LKA Stuttgart sich dem anschlossen, hielt sich Eva etwas zurück.

„*Was ist mit dir, liebe Kollegin von der Donau*", sagte Elke, „*deine Freude scheint sich eher in Grenzen zu halten.*"

„*Das täuscht*", wich Eva aus, „*erzähle uns lieber, was der Doktor gesagt hat.*"

Und dann gab Elke das Gespräch wieder, welches sie nicht nur interessiert hat, sondern das sie auch genossen hat. Hape war ein faszinierender Erzähler.

„*Stellt euch vor*", begann Elke, „*es hätte nicht viel gefehlt und der Mord wäre unentdeckt geblieben.*

Hape hat Gott sei Dank den kleinen Einstich von einer Injektionsnadel entdeckt."

„*Hape?*"

Eva hatte Elke unterbrochen.

„*Ich meine natürlich Dr. Brenner*", sagte Elke und fügte beiläufig noch hinzu:

„*Hape ist die Abkürzung seines Vornamens.*"

„*Das steht sicher für Hans-Peter*", sagte Brigitte, „*habe ich recht?*"

„*Hast du*", erwiderte Elke leicht angesäuert, „*kann ich jetzt bitte weitermachen?*"

Brigitte nickte. Aber so ganz verstand sie die Reaktion ihrer Kollegin nicht.

„*Dem Pater wurde ein Gift in die Achselhöhle injiziert, das Lähmungserscheinungen hervorruft.*

Das Gift kommt aus Kolumbien, wo es von den Mojeños, das sind Ureinwohner von Bolivien, bei der Jagd verwendet wird.

Wie das Gift von dort nach hierhergekommen ist, das ist die 1 Millionen Dollar Frage."

„*Das ist voll krass.*"

Die Ausdrucksweise von Brigitte zeigte, dass sie nicht zur Altersklasse ihrer Kolleginnen gehörte.

„*Und wer hat dem Pater das Gift verabreicht?*"

„*Das und noch viele andere Fragen gilt es zu klären, meine Damen*", antwortete Elke auf die Frage von Marianne.

Die anschließende Frage von Babs war wie die Explosion einer Bombe:

„*Bedeutet das, der Pater war unschuldig?*"

*****

Einziges Thema an diesem Abend war die Frage nach der Schuld bzw. der Unschuld des Paters.

Die fünf Kriminalistinnen saßen beim Italiener und erfreuten sich an Pizza, Pasta und Fisch,

„Wenn der Pastor unschuldig war, warum hat er dann so beharrlich geschwiegen?", stellte Marianne die Frage in den Raum.

„Aus Stolz, aus Dummheit, aus Gründen der religiösen Vernebelung? Such dir etwas aus", erwiderte Elke.

„Kannst du dir vorstellen, dass du mit deinen flapsigen Bemerkungen Menschen, denen Religion und Kirche etwas bedeuten, verletzen könntest?"

Da war sie wieder, die offenkundige Feindseligkeit von Eva Elke gegenüber.

„Was für ein Problem hast du mit Religion?", fragte Elke, *„warum sagst du es mir nicht offen ins Gesicht?"*

„Ich habe kein Problem mit der Religion", erwiderte Eva, *„ich habe ein Problem mit dir."*

Danach stand sie auf, wünschte noch einen schönen Abend und verließ das Lokal.

„Sie hat vergessen, zu bezahlen", sagte Brigitte, womit sie die verständnislosen Blicke der anderen auf sich zog.

„*Was ist los mit Eva?*", sagte Elke, „*was habe ich ihr getan?*"

„*Ich werde es dir später erklären*", erwiderte Marianne, „*aber glaube mir, es ist nichts Persönliches, auch wenn es so scheinen mag.*"

Elke ließ es dabei bewenden, obwohl es ihr äußerst schwerfiel.

„*Wenn er unschuldig war*", nahm Babs die Diskussion wieder auf, „*dann würde das aber auch bedeuten, dass die Mädchen uns angelogen haben. Und zwar alle durch die Bank.*"

„*Das würde nicht gerade für uns sprechen*", sagte Elke, „*sollten sie uns tatsächlich hinters Licht geführt haben...*"

*****

Elke und Marianne hatten gewartet, bis Babs und Brigitte gegangen waren.

Babs hatte mit den Worten „*eine alte Frau braucht ihren Schlaf*" zum Aufbruch gemahnt und Brigitte war ihr widerwillig gefolgt. Sie hatte gehofft, bei dem Gespräch zwischen Elke und Marianne dabei sein zu können.

„Ich bin schon sehr darauf gespannt, wie deine Erklärung lauten wird, warum Eva eine solche Abneigung wider mich hegt."

„Der Grund dafür liegt sehr weit zurück", begann Marianne zu erklären, *„es hat mit dem 2. Weltkrieg zu tun. Es geht um Evas Eltern."*

Elke sah Marianne erstaunt an. Und dann hörte sie eine Geschichte, die sie tief berührte.

„Eva lebte damals mit ihren Eltern und ihrem älteren Bruder in Wien. Der Vater arbeitete als Schneider in einem renommierten Herrengeschäft mit Namen <Eckstein>, dessen Inhaber Juden waren.

Als die Deportation für das Ehepaar zu drohen schien, versteckten Evas Eltern das Ehepaar bei sich zu Hause.

Die Kinder der Ecksteins waren schon Monate zuvor in die Schweiz geflüchtet. Der Vater hatte bis zum Schluss daran geglaubt, es könne ihm nichts passieren, waren doch hohe Offiziere Kunden bei ihm.

Leider wurde der Neid böser Nachbarn der Familie von Eva und dem Ehepaar Eckstein zum Verhängnis. Sie haben sie an die Gestapo verraten.

Daraufhin wurden die Ecksteins und Evas Eltern nach Mauthausen verbracht.

Die Ecksteins kamen ins Gas und Evas Eltern mussten Zwangsarbeiten verrichten.

Evas Mutter wurde schwer krank und starb. Und wenig später hat sich ihr Vater das Leben genommen.

Der Bruder wurde zum Militär eingezogen, obwohl er erst fünfzehn Jahre alt war, und Eva wurde in ein Kinderheim gesteckt.

Nach dem Krieg wurde sie adoptiert. Ihren Bruder hat sie nie mehr gesehen. Er galt als vermisst. "

Hier machte Marianne eine Pause. Sie sah Elke an und sie sah, dass Elke Tränen in den Augen hatte.

„Das kann einem schon an die Nieren gehen", sagte Marianne, worauf Elke antwortete:

„Das ist es nicht. "

Marianne wollte nach dem Grund fragen, hielt sich aber zurück.

„Das ist ja schrecklich, was Eva erlebt hat", sagte Elke, *„es tut mir ja so leid. "*

Elke machte eine Pause. Marianne erkannte in Elkes Gesicht, dass diese mit sich rang, ob sie fortfahren sollte.

„Auch mir haben die Nazis einen geliebten Menschen genommen, meinen Großvater väterlicherseits.

Opa Jan war Pastor und hat gegen die Nazis und den Krieg gewettert. Wohl auch, weil man Vater an der Ostfront gefallen ist.

Die Nazis haben ihn dann während des Gottesdienstes von der Kanzel gezerrt und aufgehängt. Es gab noch nicht einmal eine Gerichtsverhandlung.

Meine Oma hat von diesem Tag an keine einzige Silbe mehr gesprochen und meine Mutter hat bis zu ihrem frühen Tod nie mehr gelacht.

Ich hatte Gott sei Dank noch die anderen Großeltern, die mich unter ihre Fittiche genommen haben..."

„Das tut mir sehr leid, Elke", sagte Marianne, *„da hat euch das Schicksal schon ein ordentliches Päckchen fürs Leben mitgegeben.*

Du solltest Eva deine Geschichte erzählen, das würde einiges bei ihr bewirken."

„Das kann ich nicht", erwiderte Elke.

„Hättest du etwas dagegen, wenn ich es ihr sagen würde?", fragte Marianne und Elke antwortete:

„Grundsätzlich nicht; aber ich weiß nicht, ob das so klug wäre."

„Ich denke schon", antwortete Marianne, *„allein schon im Interesse einer guten Zusammenarbeit."*

Elke lächelte. Marianne wuchs ihr immer mehr ans Herz.

*****

Der nächste Tag brachte eine Überraschung. Eigentlich waren es ja zwei.

Marianne hatte Eva noch in derselben Nacht von ihrem Gespräch mit Elke erzählt. Als die beiden am nächsten Morgen aufeinandertrafen, bat Eva Elke um ein kurzes Gespräch.

„Ich glaube, ich muss mich bei dir entschuldigen", begann Eva, worauf Elke sie unterbrach:

„Das musst du nicht, es ist alles gut."

„Bitte, lass mich ausreden", beharrte Eva, *„es ist mir ein wichtiges Anliegen, dich um Entschuldigung zu bitten. Ich habe einen Fehler begangen und ich stehe dazu.*

Mein großes Problem, das ich nur schwer in den Griff bekomme, ist Obrigkeit. Ein Psychologe würde das wohl auf meinen Aufenthalt im Kinderheim zurückführen.

Genaugenommen war es kein Kinderheim, sondern eine Einrichtung der Nazis zur Umerziehung zu einer guten Deutschen.

Vielleicht kannst du dir ja vorstellen, wie groß mein Hass bisher auf alles Deutsche war.

Als mir mein Vorgesetzter die Frohe Botschaft überbrachte, ich soll in Deutschland mit anderen Deutschen ermitteln, fing es an, heftig in mir zu brodeln.

*Ich habe mich anfänglich dagegen gesträubt;
aber nach gutem Zureden meiner Kollegin und
Freundin Marianne, sowie der Androhung einer Be-
förderungssperre durch einen entsprechenden Eintrag
in meiner Personalakte, habe ich dann zugestimmt.*

*Du kannst dir vorstellen, mit welchen Gefühlen
ich hier angetanzt bin."*

Elke musste lächeln. Dann sagte sie:

*„Du sagtest, ich könne mir vorstellen, wie groß
dein Hass auf alles Deutsche war. Ist das jetzt nicht
mehr so?"*

Elke schaute erwartungsvoll in Evas Gesicht. Es
dauerte eine Weile, bevor Eva antwortete. Sie tat dies
mit tränenerstickter Stimme.

*„Das Gespräch mit Marianne heute Nacht, der
Umgang mit euch während der Ermittlung, dein ähnliches Schicksal, all das hat mich verändert. Es tut mir
so leid, dass ich mich dir gegenüber so abweisend
verhalten habe. Kannst du mir bitte verzeihen?"*

Jetzt weinte Eva richtig los. Elke stand auf und
ging auf sie zu, um sie zu umarmen.

*„Weine nicht, liebe Eva, lass uns lieber gemein-
sam den Fall lösen..."*

*****

Die eigentliche Überraschung des Tages war jedoch ein Brief, welchen Chantal Hofer an das LKA geschrieben hatte.

Sie musste vom Tod des Paters durch die Presse erfahren haben, denn auf den Titelseiten der gängigen Tageszeitungen stand zu lesen:

„Das Schuldeingeständnis eines Paters –
Frederik S. hat sich in seiner Zelle erhängt."

Elke hielt den Brief in der Hand und las ihn den Kolleginnen laut vor:

„Das habe ich nicht gewollt. Es tut mir so leid, dass der Pater gestorben ist. Frederik war kein schlechter Mensch. Wir haben uns geliebt. Ich werde die Konsequenzen tragen. Die anderen haben alle gelogen."

Diese Nachricht war wie Dynamit. Unter den fünf Kriminalistinnen war nicht eine, die an dem Wahrheitsgehalt des Schreibens gezweifelt hätte.

Es entstand eine heftige Diskussion und ein verbales Tohuwabohu.

Elke mahnte zur Ruhe und Besonnenheit.

„Ruhig, Kolleginnen; wir werden sie alle befragen. Eine nach der anderen. Mit Lügen ist jetzt endgültig Schluss."

*****

Befragung der Zeugin Chantal Hofer:

„Befragung durch Chefinspektorin Langmayr und Oberkommissarin Pföhler. Beginn: 10:00 Uhr.

Außerdem anwesend ist die Zeugin Chantal Hofer. Bitte, nennen Sie Ihre Namen und Ihr Geburtsdatum."

„Ich heiße Chantal Hofer und bin am 21.12.1978 geboren. Ich bin hier, weil ich ein volles Geständnis ablegen möchte."

„Langsam, Frau Hofer", sagte Marianne, worauf Chantal erwiderte:

„Bitte, nennen Sie mich Chantal. Sie können mich auch ruhig duzen."

Da war nichts mehr von der Arroganz der ersten Begegnung. Vor den beiden Kriminalistinnen saß ein ganz normales, junges Mädchen, das Angst hatte.

„Ich danke Ihnen Chantal, dass Sie den Mut haben, diesen schweren Schritt zu gehen. Es ist gut, dass Sie das tun, und es ist richtig.

Sollen wir Ihnen Fragen stellen oder ist es Ihnen lieber, Sie erzählen uns alles von Anfang an. Nehmen Sie sich alle Zeit der Welt."

Brigitte empfand große Bewunderung für ihre Kollegin. Die subtile Art der Befragung, das war die hohe Schule der Befragung.

„Zuerst möchte ich sagen, dass Pater Frederik sich mir gegenüber niemals schlecht benommen hat.

Er hat mich auch nie sexuell bedrängt. Die Geschichte damals mit dem Beichtstuhl war ganz anders.

Ich war hinterher schon bei ihm wegen meines Problems mit einer Lehrerin; aber da ist nichts passiert.

Er hat mir nur zugehört und mir einen guten Rat gegeben. Angefasst hat er mich aber nicht.

Ich habe diesen Mann sehr geliebt, weil er so ein feiner Mensch war. Aber ich habe es ihm nie gesagt, dass ich in ihn verliebt bin.“

Hier machte Chantal eine Pause. Sie sah zu Marianne, hilflos wie ein kleines Kind, das etwas Schlimmes angestellt hat.

Marianne empfand Mitleid mit Chantal, und selbst Brigitte, die eher von rustikaler Natur war, wurde durch die Worte von Chantal berührt.

„Aber warum hast du uns gegenüber diese Geschichte vom bösen Pater aufgetischt?“, ging Marianne jetzt zum DU über.

„Weil mich die anderen gezwungen haben“, antwortete Chantal.

„Was heißt das, sie haben dich gezwungen?“, fragte Marianne.

Chantal zögerte mit der Antwort.

„Lass dir Zeit", sagte Marianne, *„wir können auch jederzeit eine Pause machen, wenn du das möchtest."*

„Nein, nein", erwiderte Chantal, zögerte danach einen kurzen Moment und fuhr dann fort:

„Es war wegen der Bilder mit dem Marihuana."

„Welche Bilder meinst du?", fragte Marianne und Chantal erwiderte:

„Eigentlich war es ja ein Video. Die anderen drei und ich wurden dabei gefilmt, wie wir Alkohol getrunken und einen Joint geraucht haben.

Und dieses Video wurde uns auf unsere Smartphones geschickt. Alles Weitere erfuhren wir dann von Merle.

Sie bekam ständig Nachrichten von einer unbekannten Person geschickt. Und einmal hat sie sich mit der Person - es war ein Mann – auch getroffen.

Der hat ihr dann gesagt, wenn wir das mit dem Pater machen, dann wird das Video gelöscht. Und wenn nicht, dann wird es an die Schulleitung, an die Eltern und an die Presse weitergegeben.

Was das für Konsequenzen gehabt hätte, können Sie sich ja wohl denken."

Man konnte deutlich erkennen, dass mit jedem Wort, welches Chantal über die Lippen ging, ihre zentnerschwere Last etwas weniger wurde.

Wie sehr musste es sie belastet haben, als sie vom Tod des Paters erfuhr. Und wie sehr würde es dann erst auf ihrer Seele lasten, wenn sie erfahren würde, dass es kein Selbstmord war, sondern Mord.

Brigitte mischte sich nun ein, die während der ganzen Zeit einfach nur erstaunt zugehört hatte.

„Und dann habt ihr beschlossen, die Geschichten über Pater Schongauer zu erfinden."

„Ich wollte das nicht", antwortete Chantal, *„aber Merle hat einfach nicht lockergelassen."*

„Wie war das bei den anderen?", fragte Brigitte weiter.

„Béatrice sträubte sich anfangs, so wie ich", antwortete Chantal, *„nur Evi, die war sofort Feuer und Flamme für die Sache."*

„Du sagtest, dass Merle die treibende Kraft war", übernahm Marianne wieder die Befragung, *„kannst du dir erklären, wieso?"*

„Ich weiß nicht", antwortete Chantal, *„vielleicht weil sie die Klügste von uns ist?"*

„Ist das so?", sagte Brigitte.

Marianne sah Brigitte an. Sie mochte den Tonfall nicht, den Brigitte angewendet hatte. Zynismus war Marianne einfach nur zuwider.

„Wenn du sagst, dass Merle so klug ist, warum hat sie nicht eine von euch mitgenommen, die den Mann heimlich hätte fotografieren können bei ihrem Treffen mit ihm?"

Diese nahe liegende Frage von Brigitte imponierte Marianne und sie fragte sich, warum ihr das nicht selber eingefallen war.

„Wir haben schon daran gedacht", kam die überraschende Antwort von Chantal, *„aber Merle wollte das nicht. Sie meinte, das wäre zu gefährlich."*

Marianne und Brigitte sahen einander an. Das war ja höchst interessant und warf neue Fragen auf.

Diese würden sie aber an anderer Stelle bearbeiten, und deshalb beendete Marianne die Befragung mit den Worten:

„Das war es für heute, Chantal. Du hast das ganz toll gemacht; vielen Dank.

Was die Falschaussage angeht, so wirst du Post von der Staatsanwaltschaft bekommen.

Ende der Befragung 11:10 Uhr."

*****

Schon am nächsten Tag saß Chantal Hofer der Chefinspektorin wieder gegenüber. Es war diese Schlagzeile, die in den Medien kursierte, und die eine völlig aufgelöste Chantal veranlasste, panikartig das LKA aufzusuchen:

„Pater Frederik S. hat sich nicht in seiner Zelle erhängt – er wurde vergiftet. "

Die Veröffentlichung hatte für großen Unmut bei den Ermittlern gesorgt. Es lag nahe, dass es ein Leck beim LKA oder im Strafvollzug geben musste.

Chantal wurde zu Marianne gebracht und diese musste die junge Frau erst einmal beruhigen. Chantal sagte wieder und wieder:

„Er wird uns alle umbringen. Helfen Sie mir; er wird uns alle umbringen. "

Es dauerte eine Weile, bis Marianne Chantal beruhigen konnte. Inzwischen war auch Elke dazugestoßen.

„Ganz ruhig, Chantal. Es kann Ihnen nichts passieren. Hier sind Sie sicher. Aber jetzt erzählen Sie uns erst einmal, was Sie damit meinen. "

Chantal schaute Elke skeptisch an, und da sie Elke nicht kannte, machte sich Misstrauen bei ihr breit.

„*Das ist Frau Kriminaloberrätin Storm*", sagte Marianne, „*sie leitet das Ganze. Das ist eine ganz Liebe, du kannst unbesorgt sein.*"

Elke konnte ein feines Lächeln nicht unterdrücken. So hatte sie noch keiner genannt.

„*Wir passen gut auf Sie auf, Chantal*", sagte Elke und fügte hinzu:

„*Es ist doch in Ordnung, dass ich Sie Chantal nenne.*"

Chantal nickte und dann erzählte sie, was sie mit ihrer Äußerung gemeint hatte.

„*Merle hat gesagt, dass der Mann uns alle umbringt, wenn wir unsere Aussage widerrufen.*"

„*Und Sie glauben das?*", fragte Elke.

„*Natürlich*", antwortete Chantal, „*das ist doch klar. Erst hat er den Pater umgebracht und jetzt bin ich an der Reihe, weil ich die Wahrheit gesagt habe.*"

„*Woher will dieser Mann denn wissen, dass Sie uns die Wahrheit gesagt haben?*"

„*Wieso weiß die Presse, dass der Pater vergiftet wurde?*", antwortete Chantal, und Elke blieb ihr die Antwort schuldig.

„*Ist es nicht schön für dich, dass du jetzt weißt, dass nicht du an seinem Tod schuldig bist?*"

Marianne versuchte mit diesen Worten Ruhe in das aufwühlte, junge Wesen, zu bringen, und es schien zu funktionieren.

Chantal sah Marianne dankbar an. Mit ihrer ruhigen Stimme und ihrer sehr fraulichen Figur strahlte Marianne etwas Mütterliches aus. Chantal fühlte sich in Mariannes Nähe einfach geborgen.

„Ja", antwortete Chantal, *„darüber freue ich mich sehr. "*

Die Freude währte jedoch nur kurz.

„Aber hätten wir den Blödsinn nicht gemacht, dann könnte Frederik noch leben", presste Chantal mit tränenerstickter Stimme heraus.

Dazu konnten und wollten die beiden Kriminalistinnen nichts sagen, denn was Chantal gesagt hatte, war schlichtweg eine nicht zu leugnende Tatsache.

Marianne gab Chantal eine Visitenkarte mit den Worten:

„Unter dieser Nummer kannst du hier anrufen, wenn etwas ist. Und auf die Rückseite schreibe ich dir noch meine persönliche Nummer.

Das ist für alle Fälle. Aber ich bin ganz fest davon überzeugt, dass dir nichts passieren wird. "

„Was macht Sie da so sicher? ", fragte Chantal skeptisch.

„*Das ist mein Bauchgefühl, liebe Chantal*", erwiderte Marianne, „*und ich habe genügend davon.*"

Mit diesen Worten deutete die Chefinspektorin auf die entsprechende Körperstelle, die ihre frauliche Figur unterstrich.

Chantal lächelte. Sie war kurz davor, Marianne zu umarmen, hatte aber nicht den Mut dazu. Sie begnügte sich mit einem erleichterten DANKE und verabschiedete sich danach.

Als Chantal gegangen war, sagte Elke zu ihrer Kollegin:

„*Du bist nicht nur eine äußerst gute Ermittlerin, du bist auch eine bemerkenswerte Frau, Marianne.*"

„*Vielen Dank für die Blumen*", erwiderte Marianne lächelnd, „*aber ich denke, wir sollten dem lieben Fräulein Pedersen gewaltig auf den Zahn fühlen. Ich bin sicher, sie hat uns einiges zu erzählen aus ihrem Märchenbuch.*

Ich kann mir nicht vorstellen, dass es diesen großen Unbekannten gibt. Oder siehst du das anders?"

„*Nein, Marianne*", erwiderte Elke, „*das sehe ich ganz genauso. Ich werde die junge Dame sofort vorladen lassen.*"

*****

Als die Polizeibeamten bei der Botschaft eintrafen, wurden sie mit folgenden Worten empfangen:

„Als Angehörige des dänischen Botschafters, Herrn Oscar Pedersen, genießt dessen Tochter, Fräulein Merle Pedersen, Immunität und muss daher der Vorladung nicht Folge leisten."

Mit dieser Begründung mussten die Beamten unverrichteter Dinge wieder abziehen.

Als die Polizeioberrätin Elke Storm sich um ein persönliches Gespräch mit dem Botschafter bemühte, wurde das ebenso abgeschmettert.

„Das stinkt gewaltig", so Elkes erste Reaktion darauf, *„das stinkt gewaltig zum Himmel. So lasse ich mich nicht abspeisen."*

„Aber was willst du dagegen tun?", fragte Eva, die zusammen mit den anderen dem Telefongespräch mit der Botschaft beigewohnt hatte.

„Das weiß ich noch nicht", erwiderte Elke, *„aber irgendwas wird mir schon einfallen."*

„Wir haben doch noch Béatrice Meunier und Evi Maurer", sagte Babs, *„was ist mit denen?"*

„Holt sie her!", sagte Elke und ihre Worte klangen fast schon wie ein Befehl.

*****

Befragung der Zeugin Béatrice Meunier:

„Befragung durch Kriminalhauptkommissarin Thies und Kontrollinspektorin Gruber. Beginn der Befragung: 09:00 Uhr.

Anwesend sind außerdem die Zeugin Béatrice Meunier und ein Rechtsbeistand."

Nachdem Babs den Protokollbeginn in das Aufnahmegerät gesprochen hatte, wendete sie sich an die Zeugin.

„Bitte, nennen Sie Ihren Namen und Ihr Geburtsdatum."

„Ich heiße Béatrice, Marie, Babette Meunier und bin am 12. August 1978 geboren."

Dieses Mal verzichtete Béatrice auf irgendwelche Kindereien wie bei der ersten Befragung.

Ursächlich dafür waren wohl das Wissen um die Ermordung des Paters und die frühe Morgenstunde der Befragung, welche absichtlich von den Kriminalisten so gewählt worden war.

„Bevor wir beginnen, möchte ich, dass Sie sich klar vor Augen führen, dass eine Falschaussage den Strafbestand nach § 153 StGB erfüllt, der mit einer Freiheitsstrafe von drei Monaten bis zu fünf Jahren geahndet wird.

Sie haben sich diesen Spruch schon einmal bei Ihrer ersten Befragung anhören müssen, ihn jedoch ganz offensichtlich damals nicht ernst genommen.

Wir wissen, dass Sie damals die Unwahrheit gesagt haben, und wir behalten uns zunächst einmal rechtliche Schritte gegen sie vor.

Haben Sie das gut verstanden, Frau Meunier oder soll ich es Ihnen übersetzen?"

Babs wollte Béatrice an den peinlichen Vorfall bei der ersten Befragung erinnern, und die Worte zeigten Wirkung.

„Ich habe es verstanden", kam die etwas kleinlaute Bestätigung von Béatrice, die dem Ernst der Lage Respekt zollte.

„Dann schildern Sie uns die Geschichte mit dem Video und dem ominösen Mann, der es gemacht und an euch geschickt hat", sagte Babs und sah Béatrice erwartungsvoll dabei an.

Béatrice wandte sich an ihren Rechtsbeistand und dann begann ein nicht enden wollendes Zwiegespräch auf Flüsterbasis.

„Es wäre nett, wenn Sie uns an Ihrer Unterhaltung teilhaben lassen würden", sagte Elke, und gerade wollte Béatrice mit ihren Ausführungen beginnen, als Babs ihr zuvorkam.

„Bevor sie beginnen, möchte ich Ihnen noch etwas zu bedenken geben.

Solange man bei dem Pater davon ausging, dass es sich um Selbstmord handle, schwebte nur ein Verfahren wegen Falschaussage über Ihrem Haupt.

Aber jetzt geht es um Mord und eventuell um Beihilfe für Sie. Überlegen Sie also gut, was Sie jetzt sagen."

„Es gibt keinen unbekannten Mann", sagte Béatrice, *„Merle steckt hinter alledem. Sie hat das Video machen lassen."*

„Vermuten Sie das nur oder wissen Sie das?", fragte Babs und Béatrice antwortete:

„Ich weiß es. Merle hat es mir selbst erzählt."

„Die Ratten verlassen das sinkende Schiff", schoss es Elke durch den Kopf, und sie musste sich sehr zurückhalten, um es nicht laut zu sagen.

„Wussten es die anderen auch?", fragte Babs.

„Nein", antwortete Béatrice, *„sie hat es nur mir gesagt. Es tut mir leid, dass ich gelogen habe. Bitte, verzeihen Sie mir..."*

*****

Die übrigen Ermittler hatten die Befragung hinter der Glasscheibe des Verhörraums mitverfolgt.

„Das ist übel. Wir haben jetzt eine Hauptverdächtige, und wir können sie noch nicht einmal befragen, geschweige denn strafrechtlich belangen. "

Eva hatte die Sache auf den Punkt gebracht.

„Heißt das, wir können unsere Sachen packen und unverrichteter Dinge nach Hause fahren? ", sagte Brigitte, und in ihrer Stimme lagen Frust, Wut und Enttäuschung.

„Das denke ich nicht", erwiderte Elke, *„da steckt vielmehr dahinter. Denkt einmal nach. Dass sie dem Pater – aus welchen Gründen auch immer – sexuelle Verfehlung angehängt haben; bis dahin ist es für mich nachvollziehbar.*

Aber dass er in seiner Zelle ermordet wurde, das hat primär mit den Mädels nichts zu tun. Die waren nur Werkzeuge für eine viel größere Sache. "

„Elke hat recht", sagte Marianne, und Babs fügte hinzu:

„Wir machen auf alle Fälle weiter. Wir lassen uns doch nicht vorführen wie Zirkuspferde. "

Ein befreiendes Lachen unterstrich das Vorhaben der fünf Kriminalistinnen.

*****

117

Als Elke um ein Gespräch mit Kriminaldirektor Böhler bat, wurde sie bereits von ihm erwartet.

„Setzen Sie sich, Frau Storm. Ich weiß schon; die leidige Immunität. Ich war noch nie ein Freund davon.

Ich nehme an, Sie werden den Fall als unlösbar abgeben wollen."

„Auf gar keinen Fall, Herr Direktor", antwortete Elke, *„meine Kolleginnen und ich wollen weitermachen."*

„Lassen Sie doch den Direktor weg", erwiderte der Leiter des LKA, *„Herr Böhler genügt völlig."*

Und dann legte Elke ihrem Gesprächspartner denselben Gedankengang vor, den sie bereits ihren vier Mitstreiterinnen aufgetischt hatte.

„Ich hoffe, Sie können es nachvollziehen und Sie geben uns grünes Licht, Herr Böhler."

Der Direktor dachte einen Moment lang nach. Dann sah er in das entschlossene Gesicht von Elke und antwortete:

„Ich denke, ich kann das verantworten. Aber bitte gehen Sie behutsam vor."

*****

Die nächsten Tage verbrachte das Team der Soko mit der Suche nach der Nadel im Heuhaufen. Das bedeutete recherchieren und immer wieder recherchieren.

„Ich möchte, dass ihr alles umdreht. Sucht nach Familienangehörigen und Freunden aller uns bisher bekannten in den Fall involvierten Personen.

Besorgt Gesprächsnachweise, soweit es möglich ist. Sucht nach Überwachungskameras im Umfeld des Paters und vor allem von Merle.

Wir brauchen etwas, wo wir neu ansetzen können. Ich weiß, das wird eine Sisyphusarbeit; aber aufgeben gilt nicht."

*****

Das Café Feyeraband war nur spärlich besetzt. Vielleicht auch deshalb, weil es noch früh am Morgen war.

Eva sah immer wieder auf Ihre Uhr. Sie war sich nicht sicher, ob der Mann, den sie zum Frühstück eingeladen hatte, auch erscheinen würde.

Als die Tür aufging und Dr. Nils Mikkelsen erschien, war Eva sichtlich erleichtert.

Der Anwalt begrüßte Eva mit einem Handkuss.

„Guten Tag, Frau..."

Der Anwalt hielt kurz inne und sagte dann:

„Bitte, verzeihen Sie; aber ich weiß gerade nicht, wie Ihr korrekter Dienstgrad ist."

„Kontrollinspektorin", antwortete Eva, die gerade dem Zauber eines Dänen erlag, dessen Art deutsch zu sprechen eher wie Musik erklang und nicht wie Sprache.

„Aber bitte, nennen Sie mich einfach Frau Gruber oder Eva."

Eva erschrak. Hatte sie das gerade wirklich gesagt?

„Sehr gern, liebe Eva", erwiderte der Anwalt, *„ich heiße Nils. Und vielen Dank für die nette Einladung."*

„Ich freue mich, dass Sie sie angenommen haben, Nils," sagte Eva, der gerade etwas warm im Gesicht wurde.

„Darf ich bestellen?", fragte sie schnell, *„Was möchten Sie? Tee oder Kaffee? Und was sonst noch? Wurst, Käse, Ei?"*

Eva drohte in einen verbalen Strudel hinabgezogen zu werden, als Nils antwortete:

„Gerne Kaffee, und sonst alles das, was Sie auch für sich bestellen."

Eva atmete tief durch und dann bestellte sie:

„Zweimal Kaffee, bitte, zweimal Ei im Glas und eine Auswahl von Wurst und Käse."

Nachdem sich die Kellnerin vom Tisch entfernt hatte, sagte Nils:

„Ich war überrascht, als Sie sich gemeldet haben. So sehr ich mir es gewünscht hatte, so richtig daran geglaubt hatte ich nicht."

„Dann werden Sie jetzt enttäuscht sein, wenn ich Ihnen den Grund dafür sage", erwiderte Eva fast ein wenig ängstlich.

„Ganz sicher nicht", erwiderte Nils mit einer Stimme, die einen feinen Hauch gespielter Empörung erkennen ließ. *„Der Grund ist mir egal; Hauptsache, ich sitze Ihnen hier und jetzt gegenüber, liebe Eva."*

Der geballte Charme des Mannes drohte Eva zu überwältigen. In all seiner Schönheit und Eleganz war er wie ein Netz, das Eva umfing, ohne ihr ein Gefühl des Gefangenseins zu vermitteln.

Zweifel stiegen in ihr auf, ob sie Nils überhaupt mit dem eigentlichen Zweck ihres Hierseins konfrontieren oder sich einfach nur dem Zauber des Augenblicks hingeben sollte.

Die Kellnerin brachte das Frühstück. Als sie es auf dem Tisch abgestellt hatte, sagte Nils zu ihr:

„Ich glaube, Sie haben etwas vergessen. "

Die junge Frau wollte gerade widersprechen, als Nils ihr zuzwinkerte und hinzufügte:

„Bringen Sie uns bitte noch zwei Glas Champagner. "

„Kann es auch Sekt sein? ", fragte die Kellnerin.

„Das geht auch", erwiderte Nils und die Kellnerin entfernte sich wieder.

„Sie verwirren mich total", sagte Eva, der die Felle davon zu schwimmen drohten, *„Champagner am frühen Morgen, das bin ich nicht gewöhnt. "*

„Ich auch nicht", sagte Nils lächelnd, *„aber es ist ja kein Champagner; es ist nur Sekt. "*

Es folgte ein langer Moment der Stille. Die beiden widmeten sich hingebungsvoll ihrem Frühstück, nur gelegentlich unterbrochen durch einen Schluck Sekt, den man - sich einander zuprostend – recht zu genießen schien.

„Was meinen Sie", fragte Nils plötzlich, *„sollen wir nicht DU zueinander sagen, jetzt, nachdem wir uns so gut verstehen? Wir bei uns in Skandinavien mögen das SIE überhaupt nicht. "*

Da war sie wieder, diese geballte Charmeoffensive eines Mannes, der zusätzlich noch die Klaviatur der Rhetorik mühelos rauf und runter spielte.

Eva brauchte alle Kraft zu widerstehen.

„Ich mache Ihnen einen Vorschlag: Wir frühstücken zu Ende, danach trage ich Ihnen mein Anliegen vor, und wenn Sie dann immer noch den Wunsch verspüren, mich zu duzen, dann werde ich mit Freuden zustimmen."

„Kompliment, liebe Eva", erwiderte Nils, *„Sie sind eine Frau nach meinem Geschmack. Ich nehme die Herausforderung an."*

Eva spürte ein heftiges Pochen in ihren Schläfen.

„Was können Sie mir über Merle Pedersen und ihre Familie sagen?"

Jetzt war die Katze aus dem Sack. Evas Blick hing an den Lippen von Nils, die sich einfach nicht bewegen wollten.

„Wieso überrascht mich das nicht", kam endlich die Erlösung, *„ich bin nicht so vermessen zu glauben, dass mein Sex-Appeal der Auslöser für diese Einladung war."*

Eva wurde blass. Sie stand auf und sagte:

„Es tut mir leid; bitte verzeihen Sie."

„Setz dich sofort wieder hin, du verrücktes Huhn", erwiderte Nils. *„Du kannst nicht einfach so verschwinden. Außerdem würde das den Strafbestand der Zechprellerei erfüllen. Schließlich hast du mich ja eingeladen."*

Eva setzte sich wieder hin. Als sie das Lächeln im Gesicht des Mannes sah, der die verzwickte Situation gentlemanlike auf eine humorvolle Art gelöst hatte, fiel ihr ein Stein vom Herzen.

„Du bist mir nicht böse?", sagte Eva, die den Wandel vom SIE zum DU sofort und mit Freuden übernommen hatte.

„Natürlich nicht", erwiderte Nils, *„sag mir nur, warum du dich so für die Familie Pedersen interessierst."*

Jetzt befand sich Eva in einem Dilemma. Sie kannte Nils ja nicht wirklich. Konnte sie ihm dennoch vertrauen und ihm den wahren Grund für ihre Frage nennen? Oder würde sie sich damit einen Bärendienst erweisen? Er könnte ja ihr Interesse an der Familie an diese weitergeben.

„Ich verstehe, dass du zögerst", drängte Nils in Evas Gedanken, *„du fragst dich gerade, ob du mir vertrauen kannst.*

Vielleicht hilft es dir, wenn ich dir sage, dass ich als Anwalt gelegentlich für die Botschaft arbeite. Aber ich bin nicht mit der Familie privat befreundet."

„*Danke, Nils*", erwiderte Eva, „*das hilft mir sehr. Es liegt mir fern, dich zu etwas zu bewegen, was du mit deinem Gewissen nicht vereinbaren kannst.*"

„*Dann ist ja alles gut*", sagte Nils. „*Ich bestelle uns jetzt noch einen Sekt und dann reden wir über die Pedersens.*"

Evas Gefühle für den Anwalt begannen sich von Bewunderung unaufhaltsam in Richtung Zuneigung zu bewegen. Sie fragte sich gerade, warum Nils hier bei ihr saß und heftig mit ihr flirtete.

„*Was würde wohl deine Frau sagen, wenn sie wüsste, dass wir hier zusammensitzen und Sekt trinken?*"

Diese Frage, die zunächst nur in Evas Kopf herumschwirrte, hatte sich einfach verselbstständigt.

„*Nichts*", kam die knappe Antwort von Nils, was Eva doch einigermaßen erstaunte.

„*Nichts?*", wiederholte Eva voller Zweifel.

„*Nichts*", bestätigte Nils, „*denn ich habe keine Frau. Ich bin Witwer.*"

Eva empfand Reue und Scham zugleich. Was hatte sie nur geritten, so eine dumme Frage zu stellen.

„*Ich glaube, heute ist mein großer Tag. Ich trete von einem Fettnapf in den nächsten.*"

Nils schaute Eva ungläubig an. Diese Redewendung war ihm offenbar nicht bekannt.

„Was heißt das?", fragte Nils.

„Dass ich mich völlig ungeschickt dir gegenüber verhalte", antwortete Eva, *„bitte, entschuldige."*

„Ist schon in Ordnung", erwiderte Nils, *„aber lass uns jetzt über dein Problem sprechen."*

Eva empfand große Dankbarkeit darüber, dass Nils so großzügig über ihren Fauxpas hinwegging.

„Was ist Merle für ein Mensch?", fragte sie dann und Nils antwortete:

„Ein verwöhntes Einzelkind und Papas Liebling. Sie liebt es, Menschen zu manipulieren und setzt dazu Geld ein, das ihr Papa großzügig zur Verfügung stellt. Sie erkauft sich Freundschaften; aber eigentlich sind es eher Gefolgschaften.

Sie hat schon öfter Ladendiebstähle begangen. Es geht ihr nur um den Kick. Andere Mädchen, die zu ihrem Umfeld gehören wollen, müssen das ebenfalls tun. Als Mutprobe quasi.

Merle ist im Grunde genommen ein armes, reiches Kind, denn ihre Mutter kümmert sich nicht um sie. Gesellschaften, Shoppen, Alkohol sind ihr einfach wichtiger."

„*Kannst du dir vorstellen, dass sie aus Lange-weile hinter dem Komplott gegen den Pater steht*", unterbrach Eva.

„*Eher aus Protest gegen alles und jeden*", antwortete Nils, „*aber mit dem Mord an dem Pater hat sie definitiv nichts zu tun.*"

„*Was macht dich da so sicher?*", fragte Eva, „*der Pater wurde vergiftet. Und Mord mittels Gifts ist normalerweise Frauensache.*"

„*Mag schon sein*", erwiderte Nils, „*aber wo wäre das Motiv?*"

„*Du denkst schon wie ein Kriminalbeamter*", sagte Eva lächelnd, „*aber du hast recht. Ein Motiv ist bei Merle nicht erkennbar.*"

„*Dann schon eher bei ihrer Mutter*", sagte Nils scherzhaft.

„*Wie meinst du das?*", fragte Eva.

„*Der gute Oscar ist ein Schürzenjäger und seiner Ehefrau Hannah gefällt das gar nicht. Sie hasst alle Männer.*"

„*Woher kennst du den alten Ausdruck?*", fragte Eva überrascht.

„*Den gibt es auch bei uns*", antwortete Nils, „*bei uns heißt das <skørtejæger>.*"

„Kannte Hannah vielleicht den Pater?", fragte Eva.

Nils dachte kurz nach und antwortete dann:

„Mag sein, über die Schule vielleicht. Ansonsten glaube ich nicht, dass Kirche und Religion so ihr Ding sind."

In Eva begann sich eine gewisse Mutlosigkeit auszubreiten. Sie war davon überzeugt, dass Merle und ihre Familie der Schlüssel zur Lösung des Falles wären, wusste aber nicht, wie man ihnen beikommen könnte.

„Was überlegst du?", fragte Nils, der in Evas Gesichtsausdruck dies zu erkennen schien.

„Du sagtest, es gibt sonst niemand in der Familie", sinnierte Eva vor sich hin, und die Antwort, die ihr Nils darauf gab, ließ sie aufhorchen.

„Nicht ganz. Es gibt noch Mette, Hannahs ältere Schwester. Sie lebt seit ihrem Schicksalsschlag in der Familie von Hannah."

„Heißt das, sie lebt mit in der Botschaft?", fragte Eva aufgeregt.

„Nein", erwiderte Nils, *„zurzeit lebt sie in Kopenhagen im Wohnhaus der Pedersens. Das ist ja nicht so weit von Berlin entfernt.*

Aber als Oscar zuvor Botschafter in Bolivien war, da ist Mette mit von der Partie gewesen. "

„*Oscar Pedersen war in Bolivien? "*

Evas Stimme hatte sich fast überschlagen, als sie das fragte.

„*Habe ich doch gerade gesagt"*, erwiderte Nils.

Eva brauchte einen Moment, um ihre Gedanken zu ordnen. Dann sagte sie kaum vernehmbar:

„*Das Gift. "*

*****

Euphorie machte sich breit, als Eva ihren Kolleginnen von dem Gespräch mit dem dänischen Anwalt berichtete.

„*Endlich ein Punkt, an dem wir ansetzen können"*, sagte Babs und Marianne fragte:

„*Genießt diese Schwägerin des Botschafters auch Immunität? "*

„*Nein"*, sagte Eva, „*das habe ich Nils auch gefragt. Da sie kein direktes Familienmitglied ist und auch nicht in der Botschaft arbeitet, hat sie diesen Schutz nicht. "*

„*So, so*", spöttelte Brigitte, „*der liebe Nils hat das gesagt.*"

„*Hat dir schon einmal jemand gesagt, dass du für dein Alter ganz schön frech bist?*", konterte Eva, die ein Lächeln nicht unterdrücken konnte und ein wenig „Rouge" auflegte.

Es war ihr einfach so herausgerutscht und sie bedauerte es auch nicht.

„*Nils hat mir auch erzählt, dass Mette Andersen, so heißt die Dame, ein schlimmes Schicksal erleiden musste.*

Ihre Tochter war schwanger, von wem wusste Nils nicht, aber der Kerl hat sie sitzen lassen.

Es kommt jedoch noch schlimmer. Das Kind kam tot zur Welt, und nur wenige Tage später hat sich die junge Frau das Leben genommen."

„*Das ist ja furchtbar*", sagte Marianne, „*so etwas muss man erst einmal verkraften.*"

„*Und genau das ist nicht passiert. Mette Andersen hat das nie verwunden. Sie wurde manisch-depressiv und leidet bis heute darunter.*"

„*Denkt ihr, was ich auch denke?*", fragte Elke, die sich bis hierher aus der Diskussion herausgehalten hatte.

„*Was meinst du*`", fragte Brigitte.

Elke gab keine Antwort. Sie schaute erwartungsvoll von einer zu anderen.

„Da könnte das Motiv für den Mord an dem Pater liegen", sagte Babs, *„Rache."*

„Rache?", fragte Brigitte ungläubig, *„wieso an dem Pater?"*

„Genau das müssen wir herausfinden", sagte Marianne.

„Ich glaube, wir haben im Leben des Frederik Schongauer nicht tief genug gegraben", sagte Elke, *„also holen wir das schleunigst nach. An die Arbeit, Mädels!"*

***

Es war Brigitte, die das Ermittlerteam ein großes Stück voranbrachte. Sie war überglücklich und genoss ihren großen Auftritt.

„Ich glaube, ich habe etwas Wesentliches entdeckt."

Brigitte machte eine Pause und sah in die Gesichter ihrer Kolleginnen. Dann fuhr sie fort:

„Der Pater heißt doch Frederik mit Vornamen."

„*Na und?* ", kam der drängende Zwischenruf von Eva.

„*Frederik ist kein deutscher Name, oder?* ", startete Brigitte einen zweiten Anlauf.

„*Weiß ich nicht*", antwortete Eva, „*es gibt zum Beispiel Frederik Chopin und diesen komischen, deutschen Prinzen, der mit Zsa Zsa Gabor verheiratet war. Es gibt sicher noch viele andere, die den Vornamen haben.* "

Brigitte hatte Mühe, ihre Enttäuschung zu verbergen. Es schmerzte sie, dass sie nicht ernst genommen wurde.

„*So lass sie doch einmal ausreden*", leistete Babs ihrer jungen Kollegin Schützenhilfe, und nickte Brigitte aufmunternd zu.

„*Also erstens schreibt sich der Komponist mit zwei Akzentzeichen auf dem E und der Prinz, der eigentlich Hans-Robert Lichtenberg heißt, hat auch diese beiden Dinger.* "

Brigitte hatte sich in Rage geredet.

„*Du willst uns doch etwas Bestimmtes dazu sagen*", meldet sich nun auch Elke zu Wort.

„*Natürlich*", erwiderte Brigitte, „*aber wenn man mich nicht ernst nimmt, dann kann ich es auch lassen.* "

Eva hatte den strafenden Blick von Elke gesehen und lenkte ein.

„Entschuldige bitte, Kollegin, ich wollte dich nicht verunsichern."

„Also erzähl uns, was du entdeckt hast, liebe Brigitte."

Elkes Worte hatten fast zärtlich geklungen; als würde eine Mutter zu ihrem Kind sprechen.

„Ich habe herausgefunden, dass der Pater zwar eine deutsche Mutter hat; aber einen dänischen Vater. Es handelt sich um einen gewissen Mads Nielsen aus Lyngby. Das liegt ca. 14 km nördlich von Kopenhagen."

Jetzt waren alle hellhörig geworden.

„Aber wieso heißt der Pater dann nicht Nielsen wie sein Vater?", fragte Marianne, und Brigitte antwortete:

„Das weiß ich noch nicht, vielleicht war der Pater unehelich oder er hat seinen Namen geändert. Das muss ich erst noch herausfinden."

Elke begann zu applaudieren und sagte dazu:

„Das ist großartig, Brigitte, vielen Dank! Du hast eine Schatzkiste gefunden."

Die anderen Kolleginnen fielen in den Applaus mit ein, und Eva ging auf Brigitte zu und reichte ihr die Hand.

„Das ist wirklich eine Spitzenarbeit. Ich hoffe, du bist mir nicht mehr böse."

Brigitte war aufgeregt. Ihre Körpertemperatur switchte hin und her.

„Das heißt, wir müssen wohl vor Ort recherchieren, wenn wir weiterkommen wollen", sagte Elke und sah Eva dabei an.

„Was meinst du, Eva? Könnte uns da vielleicht dein Nils ein wenig behilflich sein?"

„Das ist nicht <mein Nils>", erwiderte Eva, was von den Anwesenden völlig ignoriert wurde, und fügte hinzu:

„Ich könnte ihn ja einmal fragen."

„Dann rede ich mit Direktor Böhler und versuche, ihm eine dringend notwendige Dienstreise schmackhaft zu machen", sagte Elke augenzwinkernd, und Brigitte fragte sich gerade, warum sie schon wieder ins zweite Glied zurückgestellt wurde.

Eigentlich hatte sie doch den Schatz zuerst entdeckt...

*****

Nach zwei Stunden Bahnfahrt nach München und zwei weiterer Stunden Flug landeten Eva und Nils in Kopenhagen.

Eva hatte sich anfangs dagegen gewehrt, in der Stadtwohnung von Nils zu logieren, hatte sich aber dem Argument von Nils gebeugt, dass zu Zeiten von Distortion[13] in Kopenhagen kein Zimmer zu bekommen wäre.

„Hast du gut geschlafen?", fragte Nils, als Eva zum Frühstück erschien. Er war vor ihr aufgestanden und hatte bereits das Frühstück gemacht.

Nils hatte Eva sein Schlafzimmer überlassen und hatte selbst im Gästezimmer geschlafen. Auch da war jeder Widerstand zwecklos.

Als Eva sich spät abends in das Kingsize Bett legte, beschlich sie eine Ahnung, warum nicht sie im Gästezimmer schlief, sondern Nils.

Er würde sich wohl irgendwann zu ihr legen.

Umso überraschter war sie, als sie am Morgen aufwachte und niemand neben ihr lag. Eva war fast ein wenig enttäuscht. Sie hätte sich diesem Mann, nach einer zaghaften Gegenwehr, mit Freuden hingegeben.

---

[13] *Distortion ist wahrscheinlich das größte Straßenfest im Herzen von Kopenhagen. Sie findet seit vielen Jahren statt und ist über fünf Tage verteilt.*

„*Man schläft sehr gut in diesem riesigen Bett*", beantwortete Eva die Frage ihres Gastgebers.

„*Das freut mich sehr, liebe Eva*", erwiderte Nils und goss Kaffee ein. Wenig später teilte er Eva mit, dass er einen guten Freund im Rathaus habe, der eine Verbindung zu seinem Kollegen in Lyngby herstellen könnte.

„*Das ist ja wunderbar*", erwiderte Eva, „*dann können wir gleich heute dorthin fahren?*"

„*Ich denke schon*", erwiderte Nils, „*ich rufe Jannik nach dem Frühstück gleich an.*"

Auf der Fahrt nach Lyngby erzählte Nils Eva von dem Festival, zu dem jedes Jahr mehr als hunderttausend Besucher kommen.

„*Es gibt ein Wort bei uns, das man nur schwer übersetzen kann*", erklärte Nils, „*das heißt <Hygge>. Es ist ein dänisches Konzept und Teil des dänischen Lebensstils. Es ist ein Gefühl der Gemütlichkeit und des Wohlbefindens, das du mit deinen Freunden, deiner Familie und deinen Mitmenschen teilst. Es ist keine Veranstaltung oder ein Ort, es geht mehr um das Gefühl, das man in einer schönen, warmen und gemütlichen Atmosphäre hat.*"

„*Das gefällt mir*", erwiderte Eva, „*das hätte ich auch gern. Glaubst du, dass ich es erleben werde, obwohl mein Besuch hier eher ernster Natur ist?*"

„Wir werden gemeinsam daran arbeiten, dann wird das schon", antwortete Nils mit einem Lächeln, das so einnehmend war, dass Eva nicht im Geringsten daran zweifelte.

Der Besuch bei dem Verwaltungsbeamten von Lyngby war ein voller Erfolg. Nach einer sehr herzlichen Begrüßung erfuhren die Beiden interessante Details aus dem Leben des Paters:

Maria Schongauer war mit dem Maler Mads Nielsen liiert. Als sie schwanger von ihm wurde, bestand der mäßig erfolgreiche Künstler auf den Vornamen „Frederik", verbunden mit dem Versprechen einer zeitnahen Verehelichung.

Nachdem das Kind geboren war, wurde es im Register des Standesamtes Lyngby als „Frederik Schongauer" eingetragen, Mutter: Maria Schongauer und Vater: Mads Nielsen. Eine Eheschließung hatte es nie gegeben.

Eva telefonierte noch während der Rückfahrt nach Kopenhagen mit Elke, um ihr die frohe Botschaft zu verkünden."

„Das bringt uns ein großes Stück weiter", sagte Elke, *„und richte deinem Nils liebe Grüße aus. "*

„Du kannst es einfach nicht lassen", erwiderte Eva und beendete das Gespräch.

*****

Die Fahrt zurück nach Kopenhagen führte über einen kleinen Umweg.

Nils fuhr von Lyngby zu einem Café nach Charlottenlund, das an einer Bucht zwischen Nordsee und Ostsee liegt.

„Wir fahren jetzt ans Meer. Das wird dir gefallen", sagte Nils, *„dort gibt es ein hygge Café mit Namen <Halgodt>."*

Eva lächelte. Da war wieder dieses Wort „hygge", das für Wohlgefühl steht.

Nils hatte es bemerkt und fragte:

„Warum lächelst du?"

„Einfach nur so", antwortete Eva und fügte hinzu: *„Ich mag Dänemark."*

„Und die Dänen?", fragte Nils.

„Die auch", antwortete Eva, *„und einen ganz besonders."*

Nach einer Viertelstunde Fahrt kamen sie an der Nivå Bugt an, einem Vogelschutzgebiet, in welchem im Laufe der Jahre mehr als 200 Vogelarten beobachtet wurden. Das Café selbst lag am Hafen, in welchem sich eine große Menge Segel- und Motorboote tummelten.

*****

„*Warst du schon einmal segeln?*", fragte Nils, als sie sich vor dem Café niedergelassen hatten.

„*Nein*", antwortete Eva, „*aber es muss sehr schön sein.*"

„*Ist es auch*", erwiderte Nils, „*wenn du möchtest, dann fahre ich mit dir einmal hinaus.*"

„*Kannst du denn segeln?*", fragte Eva, worauf Nils antwortete:

„*Ein bisschen; ich habe sogar ein eigenes Boot.*"

Eva sah ihr Gegenüber schweigend an.

„*Was für ein Mann*", dachte sie, „*es ist kaum zu glauben, dass er ohne ein weibliches Wesen lebt.*"

„*An was denkst du?*", fragte Nils.

„*Warum bist du heute Nacht nicht zu mir gekommen?*"

Nils und Eva erschraken gleichermaßen. Nils, weil er die Frage hörte und Eva, weil sie die Frage gestellt hatte.

„*Ich hatte Angst, du würdest mich hinauswerfen oder erschlagen*", antwortete Nils, „*ich weiß ja nichts über dich. Ich weiß ja noch nicht einmal, ob du verheiratet bist oder Familie hast.*"

„Ich lebe allein", antwortete Eva. *„Ich habe bis vor einem Jahr meine kranke Mutter gepflegt. Da war kein Platz für ein männliches Wesen."*

Eva machte eine kleine Pause. Dann schickte sie schnell noch hinterher:

„Das heißt aber nicht, dass ich ein asexuelles Wesen bin. Gelegentliche Begegnungen intimer Art gab es schon."

Nils lächelt und Eva wurde verlegen. Was sie da gerade von sich gegeben hatte, empfand sie schlechthin als ungeschickt und unrühmlich.

„Ich bin sehr froh, dass du mir das gesagt hast", erwiderte Nils. *„Wenn es dir recht ist, dann fahren wir jetzt zurück nach Kopenhagen. Und bitte, schließe heute Nacht nicht die Tür ab."*

*****

Die Suche nach Mette gestaltete sich relativ einfach. Der Freund von Nils besorgte über das Einwohnermeldeamt die Adresse vom Wohnhaus des Botschafters.

Eine weitere, unerwartete Hilfe kam durch Politikommissær[14] Pelle Christensen.

---

[14] *Dänischer Hauptkommissar*

Mit ihm fuhren sie zu der Villa des Botschafters.

Nils hatte den jungen Kriminalbeamten gefragt, ob er in der Nachbarschaft herumstöbern könnte, um mehr über Mette Andersen in Erfahrung bringen zu können. Natürlich inoffiziell…

Nach kurzem Zögern willigte Pelle ein, jedoch unter der Voraussetzung, dass er diese Aktion allein durchführen würde. Nils und Eva müssten beim Wagen bleiben, den Nils in der Nähe abgestellt hatte.

Es dauerte eine geraume Weile, bis Pelle wieder zurückkehrte. Aber es hatte sich gelohnt.

„Ich habe einigen Nachbarn das Bild von dem Pater gezeigt, und die meisten haben ihn erkannt.

Er und Liv, die Tochter von Mette Andersen, waren ein Paar.“

Eva war wie elektrisiert. Da war das Bindeglied zu Dänemark von Pater Frederik Schongauer, dem Gottesmann mit der dunklen Weste.

„Haben Sie auch etwas über Mette Andersen herausfinden können?“, setzte Eva nach.

„Sie soll damals fast den Verstand verloren haben, als sich ihre Tochter Liv das Leben genommen hatte.

Und sie soll mehrmals laut geschrien haben, sie wolle Frederik töten. Aber Frederik war wie vom Erdboden verschluckt. "

„*Da haben wir ja ein astreines Mordmotiv*", sagte Eva und fragte den Politikommissær Pelle Christensen, ob er Mette Andersen zu einer Befragung vorladen lassen könne.

„*Grundsätzlich ja*", antwortete Pelle, „*ich brauche nur ein Rechtshilfeersuchen der zuständigen deutschen Staatsanwaltschaft. "*

„*Das bekommen Sie*", antwortete Eva, „*ich werde mich sofort darum kümmern. "*

„*Können wir uns nicht duzen? "*, fragte der Politikommissær, „*schließlich sind wir ja Kollegen. "*

„*Es gibt nichts, was ich lieber täte*", antwortete Eva und reichte ihrem Kollegen die Hand.

„*Ich heiße Eva Anna; aber Eva genügt völlig. "*

„*Und ich heiße Pelle, so wie <Petzi, Pelle und Pingo>, die Zeichentrickserie aus den Achtzigern im dänischen Fernsehen. "*

„*Die kenne ich*", erwiderte Eva, „*Bär, Pelikan und Pinguin. Die gab es bei uns aber nur in Heftform und nicht im Fernsehen. "*

Nils musste lächeln. Es gefiel ihm, wie gut sich die beiden Polizeibeamten verstanden.

„Ich sei, gewährt mir die Bitte, in eurem Bunde der dritte. Ich heiße Nils."

Mit diesen Zeilen aus Friedrich Schillers Gedicht „Die Bürgschaft" schloss sich Nils der Verbrüderung von Eva und Pelle an.

„Das müssen wir unbedingt feiern", fuhr Nils fort. *„Heute Abend machen wir die Straßen Kopenhagens unsicher."*

Und zu Pelle gewandt:

„Du und deine Frau seid heute Abend unsere Gäste. Du hast doch eine Frau, oder?"

„Sogar eine ganz wunderbare", erwiderte Pelle.

Die Straßen und Gassen der Stadt waren erfüllt von Lebenslust und Lebensfreude. Nils, Eva und Pelle mit seiner Frau Freja hatten sich dem Zauber des „Distortion" und dem Alkohol bis lang nach Mitternacht hingegeben.

Als Nils und Eva in der Wohnung von Nils angekommen waren, sagte Eva:

„Komm bitte gleich mit in mein Schlafzimmer, denn später kannst du dich nur noch am Anblick meines Astralkörpers erfreuen. Andere Lustbarkeiten sind dann nicht mehr möglich, weil ich schon tief und fest schlafen werde."

*****

Befragung von Mette Andersen:

„Befragung durch Politikommissær Pelle Christensen. Beginn der Befragung: 09:30 Uhr.

Anwesend sind außerdem Mette Andersen und Advokat Otto Nilsen.“

„Bitte, nennen Sie Ihren Namen und Ihr Geburtsdatum.“

Eva verfolgte in einem Nebenraum die Befragung auf einem Monitor. Sie konnte zwar nichts verstehen, beobachtete aber genau die Reaktion der Befragten.

„Ich heiße Mette Andersen und bin am 02. März 1942 geboren.“

„Können Sie sich vorstellen, warum Sie hier sind?“, fragte Pelle, worauf die Befragte den Kopf schüttelte.

Pelle legte ihr daraufhin ein Foto des jungen Paters hin, welches Eva von der ISPIL, aus dessen Personalakte zur Verfügung gestellt worden war.

„Kennen Sie den Mann auf dem Foto?“

Ohne das Foto genau betrachtet zu haben, antwortete Mette mit NEIN.

„Ich möchte Sie bitten, sich das Foto genauer anzusehen", sagte Pelle in einem etwas schärferen Ton.

Mette kam seiner Aufforderung nach und verneinte erneut.

„Das ist komisch, dass Sie den Mann nicht erkennen", sagte Pelle, *„schließlich handelt es sich um den Vater Ihres Enkels."*

„Ich habe überhaupt keinen Enkel", stieß Mette heftig heraus, wobei die Errötung ihres Kopfes deutlich auf einen Anstieg des Blutdrucks hindeutete.

„Möchten Sie vielleicht ein Glas Wasser?", fragte Pelle, worauf Mette genauso heftig wie zu vor reagierte:

„Ich will kein Wasser; ich möchte jetzt gehen."

„Das geht nicht", erwiderte Pelle, *„die Befragung ist noch nicht zu Ende."*

Mette wandte sich an den Advokaten und beriet sich flüsternd mit ihm. Kurz darauf sagte er:

„Meine Mandantin kann sich jetzt wieder an den Mann auf dem Foto erinnern. Es handelt sich um einen Studenten namens Frederik. Den Nachnamen hat sie leider vergessen."

„Dann darf ich Ihrem Gedächtnis etwas nachhelfen", erwiderte Pelle, *„es handelt sich um Pater Fre-*

derik Schongauer, der vor nicht allzu langer Zeit in seiner Gefängniszelle ermordet wurde. "

Mette Andersen zuckte zusammen, als sie das hörte.

Eva hatte das auch bemerkt. Sie hatte über ein Headset Mikrofon Verbindung zu Pelle und sagte:

„Das war nicht gespielt. Ich bin mir sicher, dass sie nicht wusste, dass Frederik ein Diener Gottes war, und auch nicht, dass er ermordet wurde. "

Und noch bevor Pelle fortfahren konnte, fragte Mette:

„Frederik ist ein Pfarrer? "

Es war offensichtlich, dass sie diese Neuigkeit total überrascht hatte und dass sie das mehr beeindruckte als seine Ermordung, denn sie hatte das völlig ignoriert.

„Hat Ihnen das Ihre Schwester oder Ihr Schwager nicht gesagt? ", fragte Pelle und Mette antwortete:

„Das habe ich nicht gewusst, dass Frederik jetzt ein Pfarrer ist. "

Eva meldete sich erneut bei Pelle:

„Du kannst abbrechen; das bringt nichts. Die Frau ist völlig neben sich. Die hat mit dem Mord nichts zu tun. "

„Das glaube ich auch", erwiderte Pelle und beendete die Befragung.

„Ende der Befragung 09:55 Uhr."

Eva legte ihr Headset ab und eilte zum Befragungsraum, weil sie den Advokaten unbedingt noch erreichen wollte.

„Gestatten Sie, dass ich mich vorstelle, mein Name ist Eva Anna Gruber. Ich bin Mitglied der Soko „Besemi", die den Mord an Pater Schongauer untersucht."

Der Advokat nahm die entgegengestreckte Hand von Eva und stellt sich nun seinerseits vor:

„Und mein Name ist Dr. Otto Nilsen, der Advokat von Frau Andersen."

„Freut mich, Herr Doktor", erwiderte Eva, *„ich hätte nur eine kurze Frage an Sie: <wer hat Sie beauftragt, Frau Andersen zu vertreten?>"*

Der Advokat zögerte einen Augenblick und fragte dann:

„Warum wollen Sie das wissen?"

„Ich bräuchte es für meine Unterlagen. Meine Chefin, Frau Kriminaloberrätin Dr. Storm reißt mir sonst den Kopf ab."

Die Lüge, in aller Eile soeben geboren, verfehlte nicht ihre Wirkung.

„Das wäre schade um den schönen Kopf", sagte der Advokat und fügte hinzu: *„Das war Hannah Petersen, die Schwester von Frau Andersen."*

Eva bedankte sich bei dem Advokaten und Pelle, der danebengestanden war, sagte:

„So etwas lernt man bei der deutschen Polizei?"

„Das weiß ich nicht", erwiderte Eva, *„ich bin nicht bei der deutschen Polizei. I am from Austria."*

*****

Eva hatte via Skype Kontakt mit ihren Kolleginnen aufgenommen.

„Wir haben eine neue Verdächtige", begann Eva ihren Bericht, *„durchleuchtet bitte die Frau des Botschafters. Sie hatte den Anwalt für ihre Schwester besorgt.*

Und noch etwas: Vielleicht könnt ihr die Mutter des Paters, eine gewisse Maria Schongauer, ausfindig machen. Um den Vater Mads Nielsen kümmern sich Pelle."

„*Wer ist Pelle?* “, fragte Elke, worauf Eva antwortete:

„*Ein ganz reizender, dänischer Kollege.* “

„*Was findest du nur an denen Dänen?* “, erlaubte sich Elke ein scherzhaftes Wortspiel.

„*Das war`s für heute* “, erwiderte Eva, „*ich melde mich wieder, wenn es Neuigkeiten gibt. Ich gehe jetzt erst einmal mit Nils segeln. Over and out!* “

*****

Als Eva und Nils sich dem Segelboot näherten, erkannte Eva schon von Weitem den Namen des Bootes: Ella.

„*Ist das der Name deiner Frau?* “, fragte Eva.

„*Ja* “, antwortete Nils mit einem feinen Lächeln, und was er dann noch sagte, berührte Eva.

„*Ich bin seit dem Tod von Ella nicht mehr auf dem Wasser gewesen. Ein guter Freund hat sich um das Boot gekümmert.*

Mal schauen, ob er das auch ordentlich gemacht hat. “

Nur wenig später verstand Eva den Zusatz. Der gute Freund hatte Essen und Getränke auf dem Boot gebunkert.

Nils lenkte das Boot bis zur Insel Ven und ankerte dort. Dann servierte er die Köstlichkeiten, welche sein Freund besorgt hatte.

„Ich hoffe, es gefällt dir", sagte Nils.

Eva sah Nils an und fragte:

„Was heißt eigentlich <ich liebe dich> auf Dänisch?"

„Jeg elsker dig", antwortete Nils.

Eva beugte sich zu Nils, gab ihm einen Kuss und sagte:

„Jeg elsker dig, Nils Mikkelsen."

"Ich liebe dich auch", erwiderte Nils, *"ich hätte nicht geglaubt, dass ich das je wieder zu einer Frau sagen würde. Du machst mich sehr glücklich, Eva."*

Eva musste daran denken, dass sie sich so lange Zeit zurückgenommen hatte, um ihre Mutter zu pflegen und dass sie jetzt auf einen Mann getroffen war, für den sich das lange Warten gelohnt hat...

*****

Die Recherche nach Mads Nielsen verlief erfolglos. Nach Pelles Ansicht war das nicht der richtige Name, sondern ein Künstlername.

„Es tut mir so leid, dass ich keinen Grund mehr habe, noch länger hierzubleiben", sagte Eva mit etwas Wehmut in der Stimme, als sie mit Nils und Pelle in einem kleinen Restaurant Abschied feierte.

„Mir tut es auch leid", sagte Pelle, *„du bist nicht nur eine tolle Kollegin, sondern auch ein ganz besonderer Mensch."*

„Das Kompliment kann ich nur zurückgeben", erwiderte Eva, *„du und Freja müsst mich in Österreich besuchen kommen. Ich wohne in der Wachau, das ist ein ganz besonderes Fleckchen Erde."*

„Vielen Dank, Eva", sagte Pelle, *„das machen wir ganz bestimmt."*

„Ich finde es allerhand", sagte Nils mit gespielter Kränkung, *„mich hat sie noch nicht eingeladen."*

„Dich nehme ich als Handgepäck mit", antwortete Eva, *„so habe ich dich immer ganz nah bei mir."*

Nils nahm Evas Hand, küsste sie und sagte.:

„Tak min skat."[15]

*****

---

[15] *Danke, mein Liebling.*

Nils war in Kopenhagen geblieben, um weitere Recherche zu betreiben, während Eva zu ihren Kolleginnen zurückgeflogen war.

Marianne hatte sie am Flughafen München abgeholt und fuhr jetzt mit ihr nach Passau.

„Das ist sehr lieb von dir, dass du mich abholst", sagte Eva, *„ich hätte aber durchaus auch die Bahn nehmen können. "*

„Für eine gute Freundin macht man doch alles", erwiderte Marianne.

Eva lächelte. Sie und Marianne kannten sich schon seit vielen Jahren, und aus einer Kollegin war schon bald eine Freundin geworden. Und eine Freundin kennt man ja schließlich.

„Hat es vielleicht noch einen anderen Grund, dass du dich dieser Strapaze unterziehst?", fragte Eva.

„Erwischt", antworte Marianne, *„also sag schon, wie war es mit Nils? "*

„Gut", antwortete Eva, *„wir hatten ein paar aufregende Tage miteinander. "*

„Und Nächte? "

Marianne konnte es sich nicht verkneifen.

„*Mariandl aus dem Wachauer Landl*", erwiderte Eva, „*du bist eine furchtbar neugierige Person. Schäme dich!*"

„*Das mache ich gleich*", sagte Marianne, „*aber erst beantworte meine Frage.*"

„*Nils ist ein ganz besonderer Mann; ich habe mich in ihn verliebt. Und jetzt konzentriere dich auf den Verkehr, sonst fährst du uns noch in den Graben, bevor ich euch meine Neuigkeiten mitteilen kann.*"

*****

Die Suche nach Maria Schongauer erbrachte ein trauriges Ergebnis. Sie war schon vor ein paar Jahren an Krebs gestorben.

„*Was ist mit Mette Andersen?*", fragte Elke, als alle wieder zusammen waren.

„*Sie kommt als Täterin nicht infrage*", antwortete Eva, „*aber ihre Schwester Hannah.*"

„*Selbst wenn das stimmt*", sagte Babs, „*wir kommen an diese Frau nicht heran. Wie sollen wir das nachweisen?*"

„*Ich frage mich etwas ganz anderes*", meldete sich Babs zu Wort:

1. *Wer kommt als Täter infrage?*

2. *Wer hat die Tat durchgeführt?*

3. *Wie kam der Täter an das Gift?*

4. *Und wieso hat das von den Aufsehern keiner bemerkt?"*

„Du hast völlig recht, Babs", sagte Elke, *„genau da müssen wir ansetzen."*

Und dann überraschte einmal mehr Brigitte ihre Mitstreiterinnen mit dieser Frage:

„Sollten wir vielleicht nachforschen, wer in der Zeit von der Einlieferung des Paters ins Gefängnis bis zu seiner Ermordung den Pater besucht hat?"

„Das ist eine brillante Idee, Brigitte", sagte Babs anerkennend und Elke fügte hinzu, sie wolle sich umgehend darum kümmern.

Die Recherche ergab, dass der Pater lediglich Besuch von einem Vertreter des Kardinals besucht worden war, hingegen von seiner Schule niemand erschienen war.

Aber etwas anderes fiel auf. Eine Frau namens Maria Holgersson hatte einen Mann namens Mikkel Jensen mehrmals aufgesucht.

Mikkel Jensen war ein dänischer Kleinkrimineller, der zusammen mit zwei weiteren, dänischen Verbrechern beim Überfall auf ein Juweliergeschäft verhaftet worden war. Dabei wurde der Juwelier von Mikkel erschossen.

„Was hat das alles mit unserem Fall zu tun?", fragte Eva und Brigitte, welche die Unterlagen überprüft hatte, antwortete:

„Sehr viel, Frau Kollegin. Weil mich das stutzig gemacht hat, habe ich mir die Bänder der Überwachungskameras im Gefängnis bringen lassen und mir diese Frau Holgersson etwas genauer angeschaut.

Was glaubt ihr, was ich entdeckt habe?"

„Mach `s nicht so spannend, Brigitte", sagte Babs, worauf Brigitte genüsslich von einer zu anderen schaute, um die Spannung zu erhöhen. Dann ließ sie die Katze aus dem Sack:

„Frau Maria Holgersson ist niemand anderes als Hannah Pedersen, die Frau des Botschafters."

Diese Nachricht platzte wie eine Bombe.

„Wie ist das möglich", fragte Marianne entsetzt, *„wie kann jemand unter falschem Namen in ein Gefängnis hineinkommen?"*

„Ein altes Sprichwort sagt: Wenn mit dem Taler geläutet wird, öffnen sich alle Türen."

Elke hatte mit diesen Worten die Antwort gegeben.

„*Jetzt müssen wir nur noch den Mörder finden*", sagte Eva, „*den Auftraggeber haben wir ja schon.*"

„*Und wie soll das gehen?*", fragte Marianne.

„*Da habe ich vielleicht eine Idee*", sagte Elke, „*aber da muss ich erst mit dem Direktor sprechen.*"

„*Was ist das für eine Idee?*", fragte Brigitte, worauf Elke erwiderte:

„*Darüber möchte ich nichts sagen. Über ungelegte Eier sollte man bekanntlich nicht sprechen...*"

*****

„*Das geht auf gar keinen Fall, Frau Storm.*"

Der Direktor hatte die Anfrage von Elke umgehend abgeschmettert.

„*Das könnte uns beiden unseren Job und unsere Pension kosten. Und das wissen Sie auch.*"

„*Natürlich weiß ich das, Herr Böhler*", erwiderte Elke, „*aber wollen Sie den Mörder und seine Auftraggeberin einfach so davonkommen lassen?*"

Direktor Böhler sah Elke eindringlich an.

„Und wie sollte das funktionieren?"

„Er hat angebissen", dachte Elke, *„jetzt muss ich ihn nur noch überzeugen."*

„Ich habe einen lieben Kollegen in Hamburg – der Name tut nichts zur Sache – der hat schon öfter solche Undercover-Aufträge für mich erledigt.

Wir schleusen ihn, ausgestattet mit einer entsprechenden Vita, ins Gefängnis ein und bringen ihn mit Mikkel Jensen zusammen.

Und dann bringt ihn unser Mann dazu, Details über den Auftragsmord und seine Auftraggeberin preiszugeben."

„Glauben Sie wirklich, dass das funktionieren kann?", unterbrach der Direktor seine Kollegin.

„Das kann und das wird", antwortete Elke, *„und für Sie besteht dabei nicht das geringste Risiko."*

„Wieso das denn?", fragte der Direktor erstaunt.

„Weil ich es auf meine Kappe nehmen werde, falls es schiefgehen sollte", erwiderte Elke.

„Sie haben keine sehr hohe Meinung von mir", sagte der Direktor, *„glauben Sie wirklich, ich würde mich hinter Ihnen verstecken?*

Wenn ich einwillige, dann stehe ich auch dazu. Aber denken Sie daran, dass wir vielleicht ein Leck haben. Also kein Wort zu niemand; auch nicht zu Ihren Kolleginnen."

*****

Ein paar Tage später wurde ein Mann in die Zelle von Mikkel Jensen verlegt.

Es handelte sich um Kriminaloberkommissar Björn Heller; aber eingeliefert wurde er als Pit Freitag, eine bekannte Größe aus der Unterwelt.

Sein Erscheinungsbild war imposant. Er sah aus wie ein Werbeplakat für Bodybuilding, verziert mit diversen Tattoos, die furchteinflößend wirkten.

Als Pit die Zelle betrat, deutete er auf Mikkel, der in einem der zwei unteren Betten lag.

„Du! Räum dein Bett; das ist jetzt meines."

Als Mikkel mit einem seiner Zellenkumpanen auf Dänisch sprechen wollte, unterbrach ihn Pit sofort.

„Das ist ein deutsches Gefängnis; sprich deutsch!"

Die hünenhafte Gestalt, seine Tattoos und seine markante Stimme erlaubten keinen Widerspruch.

Mikkel, ebenso wie seine beiden Mithäftlinge mit körperlichen Defiziten ausgestattet, hatten dem Neuankömmling nichts Adäquates entgegenzusetzen.

Hinzu kam die devote Art des Gefängniswärters, der die persönliche Habe von Pit für ihn in die Zelle trug.

Was danach kam, tat Mikkel besonders weh.

„Hast du mich verstanden, du Smørrebrød?"[16]

Mikkel nickte stumm und dachte daran, dass er mit seinen beiden Kumpanen traurigen Zeiten entgegensehen würde.

Kaum, dass Mikkel seine Sachen auf das obere Bett gepackt hatte, herrschte ihn Pit an:

„Räum den Tisch ab. Der ist allein für meine Sachen. Hast du das verstanden?"

Mikkel nickte und machte sich daran, den Tisch abzuräumen.

„Ich höre nichts", sagte Pit und machte einen Schritt auf Mikkel zu.

Mikkel sagte laut JA und Pit gab sich damit zufrieden.

---

[16] *Reich belegtes Butterbrot aus der dänischen Küche.*

Der Gefängniswärter stellte den kleinen Fernseher auf den Tisch und wollte die Zelle danach verlassen, als Pit zu ihm sagte:

„Gib mir dein Handy und dann verschwinde."

„Jawohl, Herr Pit", erwiderte der Gefängniswärter und verließ danach die Zelle.

Pit wählte eine Nummer und sagte dem Teilnehmer am anderen Ende:

„Hallo, Schnecke! Ich wollte dir nur sagen, dass ich schon eingecheckt habe. Ich melde mich später noch einmal."

Elke gab Pit keine Antwort. Sie legte einfach auf und sagte zu Direktor Böhler, der mitgehört hatte:

„So ist er, mein Pit. Einfach unverbesserlich."

„Ich hoffe, er übertreibt nicht", sagte der Direktor, worauf Elke erwiderte:

„Keine Sorge, KOK Heller weiß ganz genau, was er tut."

„Sind Ihre Kolleginnen wieder gut in ihren Dienststellen gelandet?", fragte der Direktor.

„Sind sie", antwortete Elke, *„ich habe sie auf einen <Stand-by-Modus> gesetzt. Verstanden haben sie es allerdings nicht und ich bin nach wie vor überzeugt davon, dass keine von ihnen das Leck ist."*

160

„*Das verstehe ich, Frau Storm*", erwiderte der Direktor, „*aber die Angelegenheit ist einfach viel zu heikel. Ich bin jedoch wie Sie auch der Überzeugung, dass der Maulwurf woanders zu suchen ist.*"

„*Ich halte telefonischen Kontakt mit den Mädels*", sagte Elke, „*so kann ich wenigstens mein schlechtes Gewissen etwas beruhigen.*"

*****

Mikkel Jensen hatte die Gefängnisleitung vergeblich um Verlegung in eine andere Zelle ersucht.

Pit ließ keine Gelegenheit aus, Mikkel zu schikanieren. Er hatte den kleinen Dänen zu seinem persönlichen Diener gemacht.

Es waren einige Tage vergangen, als Pit Mikkel fragte, warum er im Gefängnis wäre.

„*Ich habe einen Juwelier überfallen*", antwortete Mikkel mit großem Stolz und froh darüber, dass sich der große Pit mit ihm unterhalten wollte.

„*Und hat es sich gelohnt?*"

„*Nicht wirklich*", antwortete Mikkel, „*die Bullen haben uns erwischt.*"

„*Wer ist uns?*", fragte Pit.

„*Ich und die beiden*", antwortete Mikkel und deutete auf seine zwei Kumpane.

„*Wie viel hast du dafür bekommen?*", fragte Pit.

„*Fünf Jahre*", antwortete Mikkel, „*aber eigentlich hätten es mindestens zehn Jahre sein sollen.*"

„*Wieso?*", fragte Pit erstaunt, der Mikkel und seinen Freunden, die aufmerksam zugehört hatten, Zigaretten anbot.

Die Zigaretten wurden dankend angenommen, waren sie doch ganz offenbar ein Zeichen für eine sich anbahnende Klimaverbesserung in der Zelle.

„*Es gab einen Toten*", erzählte Mikkel weiter, „*der Juwelier wurde erschossen.*"

„*Und ihr habt dichtgehalten*", erwiderte Pit, „*ihr seid tolle Burschen. Das gefällt mir.*"

„*Das brauchten wir gar nicht*", sagte Mikkel, „*weil es keiner von uns war. Man hat uns reingelegt.*"

Pit schaute Mikkel erstaunt an.

„*Das musst du mir erklären*", sagte er dann und Mikkel antwortete:

„*Als wir dort eingestiegen sind, war der Juwelier schon tot und die Waffe lag neben ihm. Villads, der Trottel, hat sie aufgehoben.*"

Im selben Moment kamen auch schon die Bullen, so, als hätten sie schon vor der Tür gewartet. "

„*Das ist ja abgefahren* ", sagte Pit, reichte seine Flache Wodka zum allgemeinen Konsum und fügte hinzu:

„*Da hattet ihr aber keinen guten Rechtsverdreher bei eurem Prozess. "*

„*Ganz im Gegenteil* ", antwortete Mikkel, „*unsere Botschaft hatte uns einen Spitzenmann zur Verfügung gestellt. "*

Jetzt wurde Pit hellhörig.

Der dritte Däne, der sich bisher immer im Hintergrund gehalten hatte, sagte auf Dänisch:

„*Halt dein Maul, du Ochse. Wir kennen den Kerl doch überhaupt nicht. Willst du, dass wir Schwierigkeiten mit der Botschafterin bekommen? "*

„*Ich habe es euch schon einmal gesagt, ihr sollt Deutsch reden* ", sagte Pit mit lauter Stimme und nahm die Flasche Wodka wieder weg.

„*Entschuldige Pit* ", sagte Mikkel und zu William gewandt, dem dritten Mann, auch auf Dänisch:

„*Du hast mir nichts zu befehlen. Das darf nur die Botschafterin und sonst niemand. "*

„Su er sådan et røvhul"[17], zischte William und warf seine Zigarette Pit demonstrativ vor die Füße.

Pit stand auf, um auf William loszugehen, aber Mikkel hielt ihn zurück. Pit ließ es geschehen, was Mikkel als einen Riesenerfolg verbuchte.

„Was hat er da eben gesagt?", fragte Pit, worauf Mikkel antwortete:

„Nichts, nichts, er verträgt einfach keinen Alkohol. Das ist alles."

Pit sah William argwöhnisch an und überlegte noch immer, ob er sich ihn nicht zur Brust nehmen sollte.

Mikkel erkannte es und bat Pit um einen Schluck Wodka. Pit zögerte einen Moment lang und reichte dann Mikkel die Flasche.

Pit hatte mehrere Dinge herausgefunden. Erstens, Hannah war ganz offensichtlich die Drahtzieherin, zweitens, William war der Klügste des dänischen Dreigestirns und Mörder waren sie alle drei nicht.

Als er am Abend seinen täglichen Bericht an Elke weitergab, fragte diese:

„Aber wer hat den Pater ermordet?"

---

[17] *Du bist ein solches Arschloch.*

„Das weiß ich nicht", antwortete Pit, *„noch nicht. Aber keine Bange, ich werde es schon herausfinden."*

Eine Sache hatte Elke nachdenklich gemacht. Die Sache mit dem Anwalt für Mikkel und seine Freunde. Hoffentlich war es nicht Dr. Nils Mikkelsen.

Das würde ein komisches Licht auf ihn werfen, und das würde Eva sehr wehtun…

*****

Eva war überrascht, als Elke via Skype Kontakt mit ihr aufnahm. Zuvor hatte sie herausfinden können, wer Mikkel Jensen verteidigt hatte. Es war nicht Nils.

„Hallo, Elke. Ich freue mich, dich zu sehen", sagte Eva, und Elke erwiderte die herzliche Begrüßung.

„Ich habe ein Attentat auf dich vor", begann Elke ihre Ausführungen über einen Plan, welcher sehr gewagt zu sein schien.

„Kannst du mit Nils ausmachen, dass wir uns mit ihm in Kopenhagen treffen?"

„Zu welchem Zweck?", fragte Eva überrascht.

„Das kann ich dir am Telefon nicht sagen", antwortete Elke und fügte hinzu:

Direktor Böhler hat es mit deiner Dienststelle bereits abgesprochen. Wir würden uns morgen in Kopenhagen treffen.

Dein Flug ist bereits gebucht, Du wirst am Flughafen von einem dänischen Kollegen abgeholt.

Alles Weitere erfährst du von deinem Chef. Und bitte, zu niemand ein Wort; auch nicht zu Marianne.

Ich weiß, dass sich das alles seltsam anhören muss für dich; aber wenn wir uns morgen sehen, werde ich es dir erklären.

Wichtig ist nur, dass Nils mit von der Partie ist; sonst hat das keinen Zweck. Kontaktiere ihn und gib mir umgehend Bescheid.

Ich freue mich schon sehr auf unser morgiges Treffen. "

Eva hatte jedes Wort von Elke höchst konzentriert wahrgenommen, ohne wirklich zu begreifen, um was es geht.

Sie beendete das Gespräch in der Hoffnung, von ihrem Vorgesetzten Näheres erfahren zu können. Dass Elke sie angehalten hatte, Marianne außen vorzulassen, schmeckte ihr überhaupt nicht.

Als sie ihren Chef später nach Details fragte, bekam sie nur die spärliche Information, dass es um den Fall, „Pater Schongauer" ginge, und dass sie vor

Ort in Kopenhagen von Elke Storm Einzelheiten erfahren würde.

Eva wählte die Nummer von Nils, und als sie seine Stimme am anderen Ende hörte, verflog ihre getrübte Stimmung in Windeseile. Ihrer Bitte, sich mit ihm – zusammen mit Elke -zu treffen, stimmte Nils sofort zu.

„Ich freue mich auf dich, min elskede",[18]sagte Nils und schickte Eva einen dicken Kuss.

*****

„Willkommen in Kopenhagen, Frau Storm", sagte Nils, worauf Elke erwiderte:

„Bitte, nennen Sie mich Elke."

Nils war mit Eva zum Flughafen gekommen, um Elke abzuholen.

Eva selbst hatte ihren Flug in aller Eile umgebucht und war noch am Abend zuvor geflogen. Sie wollte mit Nils die Nacht verbringen, denn die nächsten Tage würde sie mit Elke im Hotel logieren.

„Wir fahren jetzt erst einmal ins Hotel", sagte Nils, *„damit Sie sich ein wenig frisch machen können.*

---

[18] *Mein Liebling.*

Später setzen wir uns zusammen, und Sie erzählen mir, wie ich Ihnen helfen kann."

Nils verabschiedete sich, und als die beiden Frauen in Elkes Hotelzimmer waren, bedrängte Eva ihre Kollegin, ihr endlich zu sagen, was sie vorhätte.

„Wir locken den Fuchs aus seinem Bau", sagte Elke. Und dann erzählte Elke ihrer Kollegin von Pit, und was dieser in seiner Undercover-Aktion in Erfahrung gebracht hatte.

„Eines ist sicher, Hannah Pedersen steckt hinter alledem, wir müssen es ihr nur noch beweisen. Und über sie kommen wir dann auch zum Mörder ..."

*****

Befragung von Mikkel Jensen:

Als der Gefangene, Mikkel Jensen, in den Befragungsraum geführt wurde, erblickte er dort – zu seiner großen Überraschung - seinen Zellengenossen Pit.

„Hej, Mikkel. Hvordan har du det? Har du sovet godt?"[19]

Mikkel Jensen sah sein Gegenüber mit großen Augen an.

---

[19] *Hallo Mikkel. Wie geht es dir? Hast du gut geschlafen?*

168

„Bist du verrückt, Pit?", fragte Mikkel ganz aufgeregt, *„du sitzt auf der falschen Seite. Komm sofort hier rüber zu mir. Wenn jemand kommt, gibts Probleme.*

Und seit wann sprichst du Dänisch?"

Kriminaloberkommissar Björn Heller musste lachen. Die Einfältigkeit von Mikkel rührte ihn ein wenig.

„Meine Frau ist Dänin", antwortete Björn, *„und ich sitze nicht auf der falschen Seite, Mikkel."*

Jetzt verstand Mikkel überhaupt nichts mehr.

„Bist du ein Bulle?"

Nacktes Entsetzen stand in Mikkels Gesicht.

„Ja, ich bin ein Bulle", antwortete Björn, *„ich heiße Björn Heller und bin Kriminaloberkommissar."*

Mikkel sank in sich zusammen.

„Was wollen Sie von mir?"

Mikkel hatte sein Verhalten augenblicklich der veränderten Situation angepasst.

„Du kannst mich ruhig weiter duzen", erwiderte Björn, *„nur musst du mich fortan <Björn> nennen."*

„*Das möchte ich nicht, Herr Kommissar*", sagte Mikkel fast ein wenig trotzig, denn in seinem Inneren brodelte es heftig. Wie konnte er sich nur so täuschen lassen.

„*Wie du möchtest, Mikkel*", erwiderte Björn, „*dann komme ich jetzt zur Sache.*

Wir haben Frau Hannah Pedersen, die Ehefrau des dänischen Botschafters, in Gewahrsam genommen und sie hat alles gestanden.

Sie bezeichnet dich als den Mörder von Pater Schongauer, und auch, dass der Mord ganz allein deine Idee war."

„*Das ist eine Lüge*", schrie Mikkel, „*und außerdem kenne ich gar keine Hannah Irgendwer.*"

Er war aufgesprungen und hatte den Stuhl dabei umgestoßen.

„*Stell den Stuhl wieder auf und setz dich hin*", sagte Björn in ruhigem Ton, „*dann kennst du eben eine gewisse Frau Maria Holgersson.*"

„*Die kenne ich*", erwiderte Mikkel.

„*Gut*", sagte Björn, *dann erzähle mir jetzt deine Version der Geschichte. Und brüll nicht herum.*"

Mikkel Jensen beruhigte sich ein wenig und begann dann zu singen wie ein Vogel.

Er erzählte, dass Maria Holgersson ihn im Gefängnis besucht hatte, um ihm ein Angebot zu unterbreiten.

Sie würde dafür sorgen, dass er nur ein minimales Strafmaß bekommen würde und bei guter Führung mit einer vorzeitigen Entlassung rechnen könne.

Im Gegenzug sollte er einen Mithäftling, namens Pablo Mamani, aufsuchen und ihm 20.000 Euro für einen Auftragsmord anbieten.

Sie selbst dürfe aber mit dem Mord nicht in Verbindung gebracht werden.

„Und dann hast du diesen Pablo Mamani angesprochen und ihm das Angebot unterbreitet?", fragte Björn.

„Ja", antwortete Mikkel, *„aber er hat abgelehnt."*

„Wieso?", fragte Björn.

„Es war ihm zu wenig. Er wollte 50.000 Euro", antwortete Mikkel.

„Und weiter?"

Björn musste seine Ungeduld unterdrücken, denn er wollte Mikkel keinesfalls bedrängen.

„Ich habe das an Frau Holgersson weitergeleitet, und sie hat zugestimmt."

„*Wie sollte das mit dem Geld gemacht werden?*", fragte Björn.

„*Das weiß ich nicht*", antwortete Mikkel, „*Frau Holgersson hat mir ein Prepaid Handy für Pablo gebracht. Damit haben sie sich unterhalten.*"

„*Weißt du, wo dieses Handy jetzt ist?*"

Mikkel zögerte einen Moment, bevor er antwortete.

„*Frau Holgersson hat mir gesagt, ich soll es nach dem Gespräch vernichten.*"

Jetzt musste Björn lächeln. Er wusste nur zu genau, wie kostbar ein Handy im Gefängnis sein kann.

„*Und? Hast du es gemacht?*"

„*Bist du verrückt*", erwiderte Mikkel auf Björns Frage, „*ein Handy ist unbezahlbar.*"

„*Dann möchte ich, dass du es mir überlässt*", sagte Björn.

„*Was habe ich davon?*", fragte Mikkel.

Björn beugte sich vor und sah Mikkel ins Gesicht.

„*Ich glaube, du erkennst nicht den Ernst deiner Lage, Mikkel Jensen*", sagte Björn, „*darum werde ich sie dir jetzt ganz genau erklären.*

Über deinem Kopf schwebt eine Anklage wegen Mord aus niederen Beweggründen. Hinzu kommt das Delikt, wegen dessen du bereits einsitzt.

Solltest du verurteilt werden, bist du ein alter Mann, wenn du rauskommst.

Ich könnte dir aber einen Deal vorschlagen, mit dem du den Kopf aus der Schlinge ziehen kannst, denn ich glaube an deine Unschuld."

Bei den letzten Worten von Björn hatte Mikkel lange Ohren bekommen, nicht jedoch ohne gewisse Zweifel an dem Gesagten zu hegen.

„Wieso sollte ich dir trauen?", sagte Mikkel, der sich dem vertrauten DU wieder zugewendet hatte.

„Das kannst du nicht", erwiderte Björn, *„aber es ist deine einzige Chance.*

Und was den Überfall auf den Juwelier angeht, so glaube ich dir, dass ihr mit seiner Ermordung nichts zu tun habt. Ich werde den Fall neu aufrollen und den wahren Täter finden. Das mache ich auch, wenn du mir nicht hilfst."

In Mikkels Kopf herrschte Hochbetrieb. So viele Fakten; die galt es erst einmal zu ordnen.

„Kann ich mir das noch überlegen?", fragte er und Björn antwortete:

„Das Angebot gilt nur hier und jetzt."

„Also gut, ich mach`s. "

Björn war erleichtert, zeigte es aber nicht.

„Du holst das Handy aus der Zelle, oder wo immer du es versteckt hast und bringst es mir. "

Als Mikkel kurz darauf mit dem Handy erschien, wählte er – auf Björns Geheiß – die Nummer von Hannah Pedersen und sagte nur einen Satz:

„Die Polizei war bei mir. Sie weiß alles. "

Danach legte er auf und gab Björn das Handy.

*****

Dr. Nils Mikkelsen war entsetzt, als er von Elke erfuhr, dass an der Schuld von Frau Hannah Pedersen nicht der geringste Zweifel bestand.

Als Elke ihm die Bilder der Überwachungskamera aus dem Gefängnis zeigte, sagte Nils:

„Die Ähnlichkeit mit Hannahs Schwester ist verblüffend. Wenn die Aufnahmen nicht so gestochen scharf wären, könnte man genauso glauben, es wäre Mette und nicht Hannah. "

„Und genau da setzt unser Plan an", erwiderte Elke, *„ich werde Ihnen jetzt dieselbe Aufnahme zei-*

gen, die von einem unserer Techniker bearbeitet wurde. Und dann sagen Sie mir, was Sie erkennen."

„Das ist unglaublich", sagte Nils, „jetzt kann man nicht mehr mit letzter Sicherheit sagen, wer zu erkennen ist: Hannah oder Mette."

Jetzt richtete Eva das Wort an Nils.

„Hannah Pedersen wird niemals zugeben, dass sie hinter dem Mord an Pater Schongauer steht.

Aber sie wird ebenso wenig zulassen, dass ihre Schwester für sie den Kopf hinhalten muss."

„Das sehe ich genauso wie ihr", antwortete Nils, „aber wie wollt ihr Hannah zu einem Geständnis bringen?"

„Mit einer List", antwortete Elke, „und Sie sollen uns dabei helfen."

Nils sah Elke fragend an und sagte dann:

„Sie wissen schon, dass ich Anwalt bin, Frau Storm."

Elke interpretierte die formelle Anrede ihrer Person durch Nils als vorsichtige Zurückhaltung, hatten sie sich doch zuvor darauf geeinigt, sich mit Vornamen anzusprechen.

„Ist mir bewusst, Herr Mikkelsen", spielte Elke den Ball zurück, *„erlauben Sie mir bitte, Ihnen einen Vorschlag zu machen.*

Ich werde Sie jetzt verlassen und mir ein wenig die Stadt ansehen.

Währenddessen wird Ihnen Eva meinen Vorschlag unterbreiten.

Sollten Sie dem zustimmen, wäre ich sehr glücklich und wir könnten die Schuldige zur Rechenschaft ziehen.

Wenn Sie es jedoch nicht mit Ihrem Gewissen, bzw. Ihrem Berufsethos vereinbaren können, so werde ich das respektieren, und wir werden ohne Groll auseinandergehen.

*****

Eva hielt ihren Kopf an Nils' Schulter gelehnt. Die beiden waren wieder mit dem Segelboot in der Nivå Bugt vor Anker gegangen.

„Hätten wir deine Freundin fragen sollen, ob sie uns begleiten möchte?", fragte Nils.

„Elke ist eine Kollegin und keine Freundin", antwortete Eva, was Nils ein wenig überraschte.

„Magst du sie nicht?", fragte Nils.

„*Das möchte ich nicht sagen*", erwiderte Eva, „*es hat eher damit zu tun, dass ich mit den Deutschen Probleme habe.*"

„*Und was ist mit uns Dänen?*", sagte Nils, „*du weißt, wir sind Nachbarn. Es gibt sogar eine dänische Minderheit in Deutschland, im Landesteil Schleswig in der Stadt Flensburg, den Kreisen Nordfriesland und Schleswig-Flensburg sowie im nördlichen Teil des Kreises Rendsburg-Eckernförde.*"

„*Sei nicht albern*", sagte Eva leicht ungehalten, „*du weißt genau, dass ich die Dänen mag. Aber lass uns jetzt über den Plan von Elke sprechen. Ich finde, er ist gut und er könnte gelingen, falls du mitspielst.*"

„*Dann erkläre mir einmal diesen Plan*", sagte Nils, um Eva wieder versöhnlicher zu stimmen.

*****

Evas Plan sah vor, dass Nils sich mit Hannah in Verbindung setzen sollte, um ihr zu sagen, dass ihre Schwester Mette verhaftet wurde und dass sie wegen Mordes angeklagt wird.

Es gäbe Videoaufnahmen, wie sie die JVA aufgesucht hat, um sich mit einem Häftling, namens Mikkel Jensen zu treffen.

Nils hatte aufmerksam zugehört.

„*Das habe ich verstanden*", sagte er, „*aber was ich nicht verstehe, wie soll der Fisch ins Netz gehen.*

Hannah muss doch nur ihre Schwester kontaktieren und dann fällt der Schwindel auf. Soviel ich weiß, ist Mette frei und nicht im Gefängnis."

„*Das ist richtig*", antwortete Eva, „*aber auch daran haben wir gedacht.*

Solltest du dich bereit erklären, den Lockvogel zu spielen, lassen wir Mette unter irgendeinem Vorwand verhaften. Wir können Sie ja für 48 Stunden in Gewahrsam nehmen.

Das wäre dann Zeit genug für Hannah, um zu reagieren."

Nils dachte nach, während Eva wie gebannt an seinen Lippen hing und auf eine positive Antwort hoffte.

„*Das könnte tatsächlich funktionieren.*"

Eva fiel Nils um den Hals.

„*Ich habe es gewusst*", sagte sie, „*ich habe gewusst, dass du uns helfen würdest.*"

„*Halt, halt*", erwiderte Nils lachend, „*ich habe doch noch gar nicht JA gesagt.*"

„Das brauchst du auch nicht, min elskede. Jeg elsker dig." [20]

*****

Eva und Nils hatten sich noch am selben Abend mit Elke getroffen. Nils hatte sie eingeladen.

Sie saßen im „The Standard", einem Restaurant am Havnegade-Kai, im Zentrum der Stadt und genossen den herrlichen Abend.

Nach einem köstlichen Essen waren sie nun bei einem Côtes du Rhône gelandet, einem edlen französischen Rotwein.

„Ich möchte mich für meine ruppige Art bei Ihnen entschuldigen", sagte Nils und hielt Elke sein Glas entgegen.

„Das habe ich schon längst vergessen", erwiderte Elke und stieß mit Nils an.

„So gefällt mir das", sagte Eva und hielt ihr Glas ebenfalls entgegen.

„Ich finde, ihr solltet DU zueinander sagen" fügte sie hinzu, *„jetzt, da wir eine gemeinsame Verschwörung planen."*

---

[20] *Mein Liebling. Ich liebe dich.*

„*Heißt das, Nils ist einverstanden?* ", fragte Elke euphorisch, und Nils kam Eva zuvor, als er sagte:

„*Ich weiß nicht, was mich geritten hat; aber ich kann dieser Frau einfach nicht widerstehen.* "

Nils gab Eva einen Kuss auf die Wange.

„*Und was ist mit mir?* ", fragte Elke.

„*Jetzt kommt wahrscheinlich das mit dem Bruderschaft trinken und dem Kuss* ", sagte Eva, auf eine alte Sitte ansprechend, und es klang bemerkenswert friedfertig.

„*Das heißt Brüderschaft trinken und nicht Bruderschaft* ", versuchte Elke Eva zu korrigieren, was ihr aber postwendend auf die Füße fiel.

„*Ihr Deutschen müsst immer alles besser wissen* ", erwiderte Eva zickig, „*bei uns sagt man Bruderschaft und nicht Brüderschaft, verehrte Dame.* "

Damit war wieder alles beim Alten. Ja, ja; die Deutschen und die Österreicher...

*****

Als Nils Hannah Pedersen anrief, um ihr mitzuteilen, dass ihre Schwester Mette verhaftet worden wäre und unter Mordanklage stünde, fiel Hannah aus allen Wolken.

Mette Andersen wurde zuvor von Politikommissær Pelle Christensen, der in den Plan miteinbezogen worden war, für eine weitere Befragung von zu Hause abgeholt.

„Um Gottes willen, das ist eine Katastrophe. Mette ist nie und nimmer eine Mörderin. Wer ist denn auf diese abstruse Idee gekommen?"

„Es gibt Videoaufnahmen vom Gefängnis, die zeigen, dass Mette einen dänischen Häftling besucht hat. Mette ist zwar unter falschem Namen dort gewesen; aber der Häftling, bei dem sie war, hat sie eindeutig identifiziert", erwiderte Nils.

„Das ist Quatsch", schrie Hannah förmlich ins Telefon, *„das war ganz sicher nicht Mette."*

„Ich verstehe ja, dass Sie das sagen", erwiderte Nils, *„aber die Aufnahmen zeigen eindeutig Mette; ich habe sie selbst gesehen."*

Es folgte ein Augenblick der Stille. Und dann kam der alles erlösende Satz:

„Ich komme sofort nach Kopenhagen. Ich muss Mette dort unbedingt herausholen; das bringt sie sonst um."

Eva und Elke hatten das Gespräch mitangehört.

„*Wir haben sie, wir haben sie*", sagte Elke triumphierend und Eva sah Elke mit einem seltsamen
Blick an. Es schien ihr, als wäre Elke förmlich davon
besessen, Hannah hinter Schloss und Riegel zu bringen.

„*Glückwunsch, Elke*", sagte Eva, und das war
durchaus ehrlich gemeint, „*wieso warst du dir so sicher, dass dein Plan aufgehen würde?*"

„*War ich gar nicht*", antwortete Elke, „*aber ich
habe es mehr gewollt, als irgendetwas sonst auf der
Welt.*"

Elke ging zu Nils und umarmte ihn.

„*Das werde ich dir nie vergessen, lieber Nils.*"

„*Lass sofort meinen Schatz los*", sagte Eva
scherzhaft, „*der ist Privateigentum.*"

Eva wurde aus Elke einfach nicht schlau. Da war
auf der einen Seite die kühle, eher ernste, alles akribisch bis ins kleinste Detail planende Kriminalbeam-
tin und auf der anderen Seite der Privatmensch Elke,
der lustig sein konnte, der gern feierte und der auf
Menschen zuging.

Und doch hatte Eva ihre Schwierigkeiten mit
dieser Frau.

„*Das feiern wir*", sagte Elke, „*und zwar kräftig.
Und dieses Mal bezahle ich.*"

Elke wandte sich an Nils und fragte ihn:

„Gibt es hier auch ein uriges Lokal, wo man ein gutes Bier trinken kann? "

„Das gibt es", antwortete Nils, *„das Restaurant Fridas, in der Nähe vom Tivoli. "*

„Prima", erwiderte Elke, *„da gehen wir hinterher noch hin und fahren Achterbahn oder irgendetwas anderes. "*

Nils lachte. Es gefiel ihm, dass Elke wie ein kleines Mädchen zu schwärmen begonnen hatte.

„Im Tivoli gibt es das 80 Meter hohe Kettenkarussell Starflyer, eines der welthöchsten Kettenkarussells. Es gibt insgesamt 37 verschiedene Restaurants und 23 Fahrgeschäfte.

Am Tivoli-See befindet sich eine chinesische Pagode. Nach Einbruch der Dunkelheit wird der Park farbenfroh illuminiert. "

„Mit dem Karussell müssen wir unbedingt fahren", rief Elke begeistert, worauf Eva sagte:

„In so ein Ding kriegen mich keine zehn Pferde. "

*****

Das Restaurant war gut besucht. Deftige Hausmannskost, großzügig portioniert und ein gepflegtes Bier vom Fass ließen das Herz von Elke höherschlagen.

Evas Befürchtung, es gäbe nur Bier, bestätigte sich Gott sei Dank nicht. Als Bewohnerin einer der berühmtesten Weingegenden Österreichs war sie passionierte Weintrinkerin.

Es gab zwar keine Weine aus der Wachau; aber ein aus Deutschland importierter Riesling erfüllte seinen Zweck.

„Weißt du schon, wann Hannah Pedersen kommen wird?", fragte Elke und Nils antwortete:

„Gleich morgen früh mit der ersten Maschine. Ich werde sie am Flughafen abholen."

„Das ist gut", sagte Elke, *„nicht, dass wir Schwierigkeiten wegen der 48-Stunden Frist bekommen."*

„Es tut mir nur leid, dass wir Mette so missbrauchen", sagte Nils, *„ich komme mir schon sehr schäbig dabei vor."*

„Das musst du nicht", sagte Eva, *„es ist ja nur für kurze Zeit. Vielleicht ist der Spuk morgen schon vorbei…"*

*****

Die Maschine aus Berlin war pünktlich gelandet. Nils hatte, wie versprochen, Hannah am Flughafen abgeholt. Er fühlte sich schlecht. Er fühlte sich wie ein Henker, der sein Opfer zum Schafott führt.

„Hatten Sie einen guten Flug?"

Obwohl Nils immer wieder einmal aus beruflichen Gründen mit der Familie des Botschafters in Berührung kam, war es stets beim respektvollen SIE geblieben.

„Natürlich nicht", kam die etwas ungehaltene Antwort von Hannah Pedersen. *„Wie auch? Meine Schwester wird zu Unrecht bei der Polizei festgehalten.*

Ich habe gestern Abend mehrmals versucht, mit ihr Kontakt aufnehmen zu können; aber es wurde strikt abgelehnt."

„Das ist durchaus üblich bei einem laufenden Verfahren", bemerkte Nils, was ihm eine weitere, wenig freundliche Antwort einbrachte:

„Haben Sie nicht eingreifen können? Für was bezahlen wir Sie überhaupt?"

So verletzend diese Bemerkung auch war, so sehr dankbar war Nils dafür.

Sie half ihm, sein schlechtes Gewissen etwas zu schmälern.

„Können wir jetzt meine Schwester besuchen?", fragte Hannah in herrischer Manier.

„Soll ich Sie nicht erst ins Hotel fahren?", fragte Nils.

„Nein", kam prompt die Antwort, *„wir fahren jetzt zu meiner Schwester. Und zwar schnell, wenn ich bitten darf."*

Nils fuhr mit Hannah zur Polizeistation, wo sie von Politikommissær Pelle Christensen bereits erwartet wurden.

„Bringen Sie mich sofort zu meiner Schwester", herrschte Hannah den Politikommissær an, worauf dieser kurz und knapp antwortete:

„Das geht nicht, gnädige Frau."

„Ich bin nicht Ihre gnädige Frau, Herr Polizist", erwiderte Hannah, *„Ich bin die Frau des dänischen Botschafters."*

Die Antwort von Pelle Christensen ging ihm leicht und flaumig über die Lippen. Er genoss sie förmlich:

„Hier sind Sie nicht die Frau des Botschafters; hier sind wir Dänemark. Und hier sind Sie einfach nur Frau Pedersen."

Und als Hannah heftig widersprechen wollte, kam ihr Pelle zuvor.

186

„Außerdem möchte ich Sie ersuchen, einen anderen Ton anzuschlagen. Wir sind hier nicht auf dem Jahrmarkt."

Hannah Pedersen drohten die Felle davon zu schwimmen. Noch nie zuvor hatte jemand gewagt, so mit ihr zu sprechen.

Sie musste alle Kraft aufbieten, um eine Gelassenheit an den Tag zu legen, über die sie in Wirklichkeit gar nicht verfügte.

„Dann möchte ich, dass Sie mir dieses Video zeigen, auf welchem angeblich meine Schwester zu sehen ist."

Pelle kam der Bitte nach, die genau genommen ja keine wirkliche Bitte war.

Hannah sah auf dem Monitor das Bild einer Frau, das nicht hundertprozentig scharf war.

Die Techniker hatten ganze Arbeit geleistet.

„Das ist keinesfalls meine Schwester", sagte Hannah triumphierend, *„die Aufnahme ist ja viel zu unscharf. Das kann irgendjemand sein. Meine Schwester ist es jedenfalls nicht."*

„Da muss ich Ihnen widersprechen, Frau Pedersen", erwiderte Pelle, *„das ist Ihre Schwester.*

Außerdem hat sie es selbst gestanden und einen Zeugen haben wir außerdem."

Elke und Eva zuckten zusammen, als sie das hörten. Sie hatten das Gespräch via Monitor in einem benachbarten Raum mitverfolgt.

„Das ist dünnes Eis", sagte Eva und sah zu Elke.

„Das ist sogar hauchdünnes Eis", erwiderte Elke.

Ähnliches schoss auch Nils gerade durch den Kopf. Er fragte sich, was in Pelle gefahren war, als er die Lüge mit dem Geständnis vorbrachte.

Wenn das herauskäme, würde ihnen die ganze Geschichte um die Ohren fliegen.

Elke und Eva hielten den Atem an und Nils spürte, wie ihm die Schweißperlen auf die Stirn traten.

„Das ist Unsinn", schrie Hannah hysterisch, *„das ist nicht Mette."*

„Wer ist es dann, Frau Pedersen?"

Pelle hatte alles auf eine Karte gesetzt.

Hannah Pedersen sah Pelle mit weit aufgerissenen Augen an und presste hervor:

„Das bin ich, Sie Hornochse."

Damit hatte keiner gerechnet.

Auch nicht Pelle Christensen. Gehofft schon –
aber gerechnet?

*„Ich verstehe, dass Sie Ihrer Schwester helfen
wollen"*, fuhr Pelle fort, *„aber bedenken Sie, dass
eine Falschaussage bestraft wird. "*

„Das ist keine Falschaussage", erwiderte Hannah, *„holen Sie Papier und Bleistift und schreiben Sie
alles auf. Ich werde es dann unterschreiben. "*

*****

Hannah Pedersen hatte ihr Geständnis unter-
schrieben und war auf dem Weg ins Untersuchungs-
gefängnis.

Ihre Schwester wurde mit dem Ausdruck des
Bedauerns entlassen und nach Hause gefahren.

Und Eva meldet sich über Skype bei ihren Kolleginnen, die mit großer Ungeduld auf Evas Bericht
warteten.

Was sie dann von Eva zu hören bekamen, war
wie Weihnachten und Ostern zugleich.

*****

Befragung von Hannah Pedersen:

„Befragung durch Politikommissær Pelle Christensen. Beginn der Befragung: 11:00 Uhr.

Anwesend sind außerdem Frau Hannah Pedersen und ihr Rechtsbeistand."

Nils hatte vermutet, dass Hannah ihn nicht als Rechtsbeistand haben wollte, und er hatte recht behalten.

Hannahs Rechtsbeistand war kein geringerer, als Dr. Aksel Mortensen, eine Koryphäe unter den dänischen Rechtsanwälten.

„Frau Pedersen", begann Pelle die Befragung, *„in welchem Verhältnis standen Sie zu dem Mordopfer, Pater Frederik Schongauer?"*

„Zu gar keinem", antwortete Hannah Pedersen in aggressivem Ton, *„ich habe diesen Dreckskerl nie gemocht. Er hat nur Unglück über unsere Familie gebracht.*

Erst die kleine Liv und dann meine Schwester, die noch heute darunter leidet, was er ihrer Tochter angetan hat."

„Ich könnte verstehen, wenn Ihre Schwester aus einem, für mich gut nachvollziehbaren Hass den Tod des Paters gewünscht hätte", lockte Pelle mit süßem Honig, *„aber warum haben Sie die Rache an Frederik Schongauer vollzogen?"*

Der Anwalt flüsterte Hannah etwas ins Ohr, worauf diese unverständlicherweise äußerst brüsk reagierte.

Sie zog ihren Arm, auf welchen Dr. Mortensen seine Hand gelegt hatte, mit einem heftigen Ruck weg und sagte zu ihm:

„Lassen Sie mich!"

Dann starrte sie Pelle an, als wollte sie ihn hypnotisieren.

„Das kann ich Ihnen sagen, Herr Polizist", sagte Hannah bedeutungsvoll, *„weil meine Schwester gar nicht in der Lage dazu gewesen wäre."*

„Sie aber schon?", lockte Pelle erneut.

„Jawohl, Herr Polizist. Ich schon. Ich bereue es nicht und ich würde es immer wieder tun."

Während Pelle seine Freude kaum verbergen konnte, fragte sich der Staranwalt in diesem Augenblick, wozu er eigentlich hier war.

„Warum erst jetzt?", fragte Pelle, *„nach so vielen Jahren?"*

„Ich habe lange nach diesem Dreckskerl gesucht, ihn aber nie gefunden", erwiderte Hannah, *„bis mir ein glücklicher Zufall zu Hilfe kam."*

„Wie meinen Sie das?", fragte Pelle.

„Durch meine Tochter Merle", sagte Hannah. *„Was glauben Sie, wie ich geschaut habe, als sie mir von einem Pater Frederik Schongauer erzählt hat.*

Und dann kam die größte Überraschung. Diese menschliche Ausgeburt im Gewand eines Priesters. Das war der absolute Höhepunkt.

Ich kannte ihn ja nur als Student der Philosophie. Zumindest hat er sich damals so vorgestellt.

Dann ist alles wieder hochgekocht. Merle hat ein Foto von ihm gemacht und es mir gezeigt. Dann musste ich handeln."

Der Anwalt von Hannah saß einfach nur daneben und ließ den Dingen seinen Lauf. Normalerweise wäre er schon längst aufgestanden und gegangen. Aber weil sein Auftraggeber kein geringerer war, als der dänische Botschafter, blieb er sitzen und schwieg.

„Wer hatte die Idee, den Pater wegen sexuellen Missbrauchs zu diskreditieren?", fragte Pelle.

Hannah empfand diese Frage beinahe schon als Beleidigung.

„Was für eine Frage; ich natürlich. Und es hat ja auch vorzüglich geklappt."

In Hannah Pedersen schien sich eine Mischung aus Dummheit, Arroganz und Stolz zu vereinigen, denn anders waren ihre Äußerungen nicht zu interpretieren.

„Bis hierher kann ich Ihr kluges Vorgehen nachvollziehen", sagte Pelle, „aber warum den Pater noch
töten? Er war doch verurteilt und wäre für lange Zeit
im Gefängnis geblieben.

Die Wahrheit wäre nie herausgekommen, und
wir säßen jetzt nicht hier."

„Das verstehen Sie nicht, Herr Polizist", erwiderte Hannah, die mit dieser Bezeichnung ihre Ver-
achtung und Überlegenheit Pelle gegenüber zum Ausdruck bringen wollte.

So oder ähnlich würde es wohl ein Psychologe
interpretieren…

„Auge um Auge – Zahn um Zahn; so steht es
schon in der Bibel.

Frederik hat das Leben von meiner Nichte genommen und ich habe ihm dafür seins genommen."

Hannahs Augen leuchteten förmlich, als sie das
sagte.

„Auch das kann ich nachvollziehen", erwiderte
Pelle, der sich ganz auf Hannah eingestellt hatte. Er
musste nur auf einen bestimmten Knopf bei ihr drü-
cken, und schon kam das gewünschte Ergebnis.

Der Anwalt hatte die Strategie von Pelle längst
durchschaut, ließ aber seine Mandantin den Weg, der
geradewegs zum Abgrund führte, seelenruhig weiter-
marschieren.

„Wie sind Sie aber an Pablo Mamani gekommen und an das Gift?"

„Das war ganz einfach", lobte sich Hannah selbst, *„Pablo saß wegen Totschlags im Gefängnis und seine Eltern haben Kontakt zu meinem Mann aufgenommen.*

Mein Mann, der ja früher in Bolivien Botschafter war, hat ihnen versprochen, Pablo zu helfen. Als mir mein lieber Oscar davon erzählte, reifte sofort der Plan in mir, diese glückliche Fügung zu nützen.

Ich habe telefonisch Kontakt zu Pablo aufgenommen und ihm einen Handel vorgeschlagen.

Wenn er den Pater für mich tötet, dann kümmere ich mich um seine Familie in Bolivien und mein Mann würde für seine baldige Befreiung sorgen."

„Und das hat Pablo Ihnen geglaubt?", fragte Pelle ungläubig.

„Natürlich, Herr Polizist", antwortete Hannah, *„was glauben Sie? Mein Mann war in Bolivien ein Gott. Und diese indigenen Wesen haben wenig Verstand; aber einen großen Gottesglauben."*

Pelle begann allmählich am Verstand der Frau zu zweifeln, die ihre Ausführungen regelrecht zu genießen schien. Und bevor Pelle seine nächste Frage stellen konnte, gab ihm Hannah schon die Antwort darauf:

„Das Kodamirin habe ich mir per Kurierpost schicken lassen, das war überhaupt kein Problem.“

Pelle verstand die Welt nicht mehr. Noch nie in seinem ganzen Berufsleben war ihm eine, wegen Anstiftung zum Mord Verdächtige, gegenübergesessen, und hatte in aller Seelenruhe ein umfassendes Geständnis abgelegt.

Als Pelle fragend zu dem Anwalt sah, zuckte dieser nur mit den Schultern.

„Ende der Befragung von Hannah Pedersen um 11:45 Uhr. Die Unterlagen werden an die zuständige Staatsanwaltschaft übergeben.

*****

Hannah Pedersen wurde wegen Anstiftung zum Mord zu einer lebenslangen Freiheitsstrafe verurteilt.

Ihr Ehemann hatte noch versucht, Hannah für unzurechnungsfähig erklären zu lassen, um Schaden von seiner Reputation abzuwenden. Es hat aber nicht geklappt.

Sollte Pablo Mamani je aus dem Gefängnis kommen, werden seine Eltern voraussichtlich schon gestorben sein.

Mette Andersen, die Schwester von Hannah, erlitt einen Nervenzusammenbruch, als sie die ganze Geschichte erfuhr.

Und die Kriminalistinnen der Soko erhielten viel Lob von höchster Stelle aus beiden Ministerien.

Als die Pressekonferenz abgehalten wurde, war der Saal von ungezählten Blitzlichtern erhellt. Eine große Zahl Journalisten war versammelt, um den Ausführungen jener Personen zu lauschen, welche an dem Projekt maßgeblich beteiligt waren.

Den Anfang machte Direktor Ludwig Böhler, der nach kurzen Worten der Erklärung über den Feldversuch der länderübergreifenden Zusammenarbeit das Wort an die Kriminaloberrätin, Frau Elke Storm. übergab.

„Ich möchte mich bei den zuständigen Stellen für das Vertrauen bedanken, das sie mir und meinem Team entgegengebracht haben.

Dieser äußerst schwierige Fall wäre ohne das Zutun einer ganz besonderen Person nicht möglich gewesen, Frau Kontrollinspektorin Eva Anna Gruber, meine wunderbare Kollegin aus Österreich. Sie hat mit ihrem wesentlichen Beitrag zur Lösung des Falles beigetragen."

Elke bekräftigte am Ende der Ausführung ihre Worte mit Applaus, dem sich die anwesenden Personen begeistert anschlossen.

Eva sah Elke erstaunt an, denn eine solche Geste hätte sie niemals von ihrer Kollegin erwartet. Sie nickte Elke dankbar zu und musste heftig gegen eine aufkeimende Rührseligkeit ankämpfen.

„*Das fehlte gerade noch*", ging es ihr durch den Sinn und sie überdeckte ihre Gefühle mit einem strahlenden Lächeln.

Der Abschied der fünf Frauen fiel jeder einzelnen besonders schwer. Man versprach einander, in Verbindung zu bleiben, und Eva lud alle ein, sie in der Wachau zu besuchen.

Ein besonderes Ereignis fand in der JVA statt, der vorübergehenden Heimat von Mikkel Jensen, einem armen dänischen Kleinganoven.

„*Du hast lieben Besuch.*"

Mit diesen Worten führte der Vollzugsbeamte Mikkel ins Besucherzimmer.

Als Mikkel sah, wer dort auf ihn wartete, ging ein Leuchten über sein Gesicht. Es war sein ehemaliger Zellengenosse Pit, vulgo Kriminaloberkommissar Björn Heller.

„*Hallo, Mikkel!*"

„*Hallo, Pit! Entschuldigung, ich meine, Herr Kommissar.*"

„Lass nur, Mikkel", erwiderte Björn, *„du kannst mich ruhig Pit nennen. Schließlich haben wir ja gemeinsam eine Zelle geteilt, wenn auch nur für kurze Zeit."*

Mikkel war seltsam berührt. Er fühlte so etwas wie Zuneigung zu dem Bullen, der ihn so gewaltig aufs Kreuz gelegt hatte.

„Ich finde es schön, dass du mich besuchst", sagte Mikkel, *„ich freue mich sehr."*

„Du wirst dich gleich noch mehr freuen", erwiderte Björn, *„ich habe mir deine Akte angeschaut; und da stinkt etwas ganz gewaltig.*

Ich kann dir nichts versprechen. Aber ich bin mir ziemlich sicher, dass ich den wahren Schuldigen finden werde."

Mikkel bekam feuchte Augen. Er stand auf, um Björn zu umarmen. Ein Beamter, der in der Nähe stand, wollte es unterbinden, aber Björn bedeutete ihm, er möge die Geste der Dankbarkeit zulassen.

Tränen rannen Mikkel über das Gesicht, als er sagte: *„Tak mine venner."*[21]

Björn lächelte und seine Augen bekamen einen seltsamen Glanz.

Mikkel hielt Björn noch immer fest umschlossen.

---

[21] *„Ich danke dir, mein Freund."*

Björn klopfte dem kleinen, aufgewühlten Dänen sanft auf die Schulter, um ihn zu beruhigen.

Dann löste er sich von ihm und gab ihm seine Visitenkarte mit den Worten:

„Du kannst mich unter dieser Nummer erreichen, wenn du irgendetwas brauchst."

Mikkel bedankte sich überschwänglich und wollte Björn schon wieder umarmen, als der Aufsichtsbeamte es dieses Mal mit deutlichen Worten unterband.

Björn wandte sich zum Gehen; aber bevor er die Tür erreichte, drehte er sich noch einmal um und sagte:

„Farvel Mikkel, det skal nok gå."[22]

*****

---

[22] *„ Auf Wiedersehen Mikkel, alles wird gut. "*